DOIS MORTOS E A MORTE

E OUTRAS HISTÓRIAS

TANTO TUPIASSU

DOIS MORTOS E A MORTE

E OUTRAS HISTÓRIAS

Rocco

Copyright © 2023 *by* Fernando de Jesus Gurjão Sampaio Neto

Direitos desta edição reservados à
EDITORA ROCCO LTDA.
Rua Evaristo da Veiga, 65 – 11º andar
Passeio Corporate – Torre 1
20031-040 – Rio de Janeiro – RJ
Tel.: (21) 3525-2000 – Fax: (21) 3525-2001
rocco@rocco.com.br I www.rocco.com.br

Printed in Brazil/Impresso no Brasil

Preparação de originais
CAROL VAZ

CIP-BRASIL. CATALOGAÇÃO NA PUBLICAÇÃO
SINDICATO NACIONAL DOS EDITORES DE LIVROS, RJ

T841d

    Tupiassu, Tanto
      Dois mortos e a morte e outras histórias / Tanto Tupiassu. - 1. ed. - Rio de Janeiro : Rocco, 2023.

      ISBN 978-65-5532-333-7
      ISBN 978-65-5595-183-7 (recurso eletrônico)

      1. Contos brasileiros. I. Título.

23-82852   CDD: 869.3
                         CDU: 82-34(81)

Gabriela Faray Ferreira Lopes - Bibliotecária - CRB-7/6643

O texto deste livro obedece às normas do
Acordo Ortográfico da Língua Portuguesa

Para Vicente, meu filho amado, meu grande amor, que me faz sorrir feliz com sua existência.

E para Lorena Filgueira, amiga desde sempre, desde o jardim de infância, presença constante e segura em minha vida.

MORRER CANSA

O apartamento tinha janelas gigantescas, quase paredes inteiras, que se debruçavam para os telhados avermelhados da cidade. Nem tão alto, nem tão baixo, as janelas nos permitiam ser quase vizinhos dos gatos que perambulavam pelas telhas em busca de amores nas noites de cio, uma vista lenta e quase monótona que diariamente nos encarava e que pouco a pouco se tornava familiar.

Uma das preocupações constantes naquele apartamento antigo era fechar todas as janelas quando saíamos, pois bastava um esquecimento, aliado ao azar da chuva, para termos tudo alagado, e o desespero era estragar o velho piso de taco da morada que nem era nossa.

Era isso que fazíamos na noite em que vimos o homem na nossa cozinha: fechávamos a casa toda de saída para jantar no restaurante preferido de Flora, no que talvez fosse uma comemoração, mas hoje nem posso confirmar se íamos mesmo comemorar algo.

Arrumei-me e comecei a fechar janelas e apagar luzes enquanto Flora me esperava no corredor, e rondei a enorme sala para uma última checagem. Foi quando acabei, enquanto me dirigia à porta, já semicoberto pela escuridão, que ouvi o barulho vindo da cozinha.

Fui o primeiro a ouvir como se alguém se servisse d'água, o *blup blup* do filtro, tão característico que até intuí o copo. De tão natural, cheguei a acreditar que Flora tivesse entrado, que estivesse com sede e buscasse um último gole antes de partir.

Somente diante da porta, de Flora, que me esperava em pé no corredor, percebi que não; Flora parada ali, também no escuro, me esperava, igualmente surpresa com o *blup blup blup* que não cessava, de copo enchido até a borda.

Quando olhamos para o estômago da casa escura e vazia, só havia a luz do corredor fazendo filete que percorria todo o cômodo e terminava justo na porta da cozinha, e foi então que, amedrontados, vimos o vulto impreciso e esfumaçado do homem que também nos olhava assustado, olhos esbugalhados e difusos no meio da noite. Ele segurava um copo d'água em nossa cozinha, como se isso, um intruso estar ali, bebendo água, fosse a coisa mais normal.

Foi de relance que o vimos, e muito brevemente, pois, com o susto e nosso sobressalto, o homem imediatamente mergulhou no breu, como se engolido pelas trevas da casa apagada.

O silêncio era absurdo, quebrado somente pelo baque desumano do meu coração, até que Flora cochichou *ladrão* enquanto pedia, com as mãos, que eu saísse do apartamento e me pusesse em segurança.

Cochichei de volta um *desce e chama o porteiro, liga pra polícia,* enquanto gesticulava e a empurrava para o elevador. Vi minha esposa correr sem me questionar e, assim que estava longe, fechei a porta da sala enquanto acendia as luzes que estavam à mão.

Tirando coragem não sei de onde, gritei com o invasor que devia estar lá:

— Meu irmão, eu não quero confusão! Já mandei chamar a polícia!

E avancei com cuidado, com medo do invasor que podia estar armado — que certamente estava armado — e com receio que estivesse drogado e pudesse agir de forma precipitada, me ferindo.

Comecei a sentir um nervoso tremendo, diferente do medo de antes, um nervoso de fazer suarem as mãos e uma apreensão estranha, como se um ataque de pânico estivesse chegando.

Ao mesmo tempo, enquanto avançava, só pensava na burrice do sujeito flagrado na cozinha, pois bastaria esperar mais dez segundos e estaríamos longe, e ele poderia ser dono de nossas coisas em paz, mas não! Não, o cara resolveu sentir uma sede que devia ser irrefreável e pegar um copo d'água bem ali, na nossa cara, como se, além de tudo, nos afrontasse.

Segui pela casa, tentando me concentrar em não ficar nervoso, buscando controlar o pânico que doía meu peito, mas não vi nenhum sinal do invasor.

Cheguei na cozinha, acendi as luzes. Nada. Vazia.

Talvez tenha corrido para a área de serviço, pensei, ou talvez tivesse corrido para os quartos, em qualquer distração minha desde a primeira afronta de vê-lo; pensei também que pudesse já ter fugido ao se notar descoberto, e talvez já estivesse longe, se fosse bastante ágil e minimamente esperto, pois bastava um pulo mais ou menos acertado para ir de nossa sala para o telhado da casa mais próxima.

Sempre cuidadoso, avancei até a área de serviço e acendi as luzes, mas também não encontrei nada. Dali passei aos quartos, banheiros e sala, e em todos os locais encontrei a mesma ausência do invasor. O coração palpitava cada vez mais alto, cada vez mais forte, a ponto de ensurdecer no silêncio que se fazia em minha busca.

Sem pistas, passei a observar com mais detalhes todos os cantos do apartamento, revirando armários e abrindo portas, empurrando móveis e olhando debaixo de camas e sofás, mas o resultado seguia igual, nenhum sinal do homem que tínhamos visto pouco antes, e, para meu completo estranhamento, nem mesmo sinais de sua invasão.

Janelas permaneciam firmemente fechadas. Portas permaneciam absolutamente íntegras.

Não havia rastro, marca ou qualquer coisa que indicasse a existência daquele homem na cozinha, porém era impossível negar que o havíamos visto bebendo água, o olhar perdido e talvez cheio de medo, e nós dois vimos o homem, e nós dois nos assustamos, tanto que Flora foi buscar ajuda.

No meu raciocínio torto, sugado pelo nervosismo, pensava que o homem devia ser profissional, pois só isso explicava invadir a casa assim, sem deixar pistas, e fugir como se nunca houvesse existido.

Completamente encucado com o enigma da pretensa invasão, parei no meio da sala para colocar a cabeça no lugar, acalmar meu espírito. Nesse ponto eu já estava suado e irritado, a casa toda fechada e abafada parecia um forno naquela noite quente, fora a dor de cabeça cretina que passou a me esmagar os miolos, provavelmente fruto do momento, do risco que havíamos passado fazia pouco e que não se dissipara por completo.

Imaginando desgraças, passei a divagar se a invasão tivesse sido mais tarde, quando estivéssemos dormindo, e aquele sujeito ali, flutuando pelo apartamento como um fantasma que do nada poderia se materializar e nos fazer de refém e nos maltratar...

Tive mil pensamentos de livramento enquanto buscava uma resposta lógica para o sumiço inesperado e minha cabeça latejava de forma violenta, o peito palpitando como se fosse tambor de anúncio de tempos tenebrosos. Então a sala começou a girar e a dor foi ficando mais e mais intensa.

Foi quando percebi que algo não ia bem comigo, que simples nervosismo não explicaria aquela sensação física tão profunda. Não era uma simples dor de cabeça, como milhares que já havia tido durante a vida. Era algo mais, algo mais sério, pois a respiração passou a me falhar e as mãos formigaram, além de uma estranha dor no ombro, como se cravassem um punhal de lâmina fina e profunda até onde não pudesse suportar.

Tonto, me aparando nos móveis, desejei que Flora voltasse logo com ajuda, com socorro, já sem medo do invasor, que não se justificava mais, mas com o pavor que tomava conta de mim na iminência de perceber estar mal.

A casa quente e abafada, o tanto que eu suava por conta da breve busca, tudo aquilo devia ter me feito mal, a tensão do momento a me agoniar, então, cambaleante, fui à cozinha beber água.

Era tão estranha aquela sensação.

Mesmo agarrando com firmeza as paredes, as mãos rijas buscando me dar segurança, vi as paredes dançarem ao meu redor como se fossem sopro, indo e vindo, e o chão rodando cada vez mais, cores e luzes do apartamento se misturando em intensidade maior, a ponto de incomodar a vista.

O que poderia ser aquilo, aquela sensação de morte, nítida sensação de morrer, mesmo sem nunca ter morrido?

Me arrastei até a porta da cozinha, encostei a testa na parede, fechei os olhos e respirei fundo, o peito travado que não ia além de pouco sopro.

Eu precisava que aquilo passasse, eu precisava me acalmar, mas nada disso acontecia.

E onde estava Flora que não voltava com ajuda!?

Apesar da tentativa quase infrutífera de controlar a respiração, dos olhos fechados, calmos, a dor que irradiava do ombro e tomava conta de todo o meu corpo, que me implodia a cabeça, era quase insuportável.

Porra, se ela não voltar, eu tô fudido!

O suor abundava e molhava minha roupa.

Vou interfonar pra portaria.

Mas a vontade irrefreável de vomitar não me permitia nada.

Preciso de água.

Foi então que me projetei no vazio da cozinha, em direção à bancada onde estava o filtro, e por muito pouco não caí no chão, de onde dificilmente me levantaria.

Com esforço, peguei um copo e consegui enchê-lo de água.

E, nessa hora, escorado na bancada da cozinha, notei algo que tinha passado em branco nas minhas investigações: não havia nenhum copo sujo ali, nem sinal de copo na mesa ou em qualquer outro lugar da cozinha pequena e apertada.

Então onde tá o copo do sujeito que nós vimos?

Seria possível que, ao ver-se descoberto, o bandido fosse não somente capaz de empreender fuga, mas de ainda carregar o mísero copo de vidro, como se preocupado em não deixar nenhuma pista de sua presença, mesmo tendo sido tão imprudente a ponto de se deixar descobrir?

O copo não estava ali, isso meus olhos alucinados de dor podiam ainda certificar. Somado à ausência de qualquer sinal do arrombador, e do arrombamento, esse pequeno fato me deixou profundamente intrigado, mas isso não durou nada, pois logo minha cabeça voltou a me lembrar da morte, a vista rodando de forma vertiginosa, quase contínua, como se estar parado não fosse opção.

Um mal-estar tremendo tomava conta de mim, a dor no ombro ponteava cada vez mais forte, latejando peito e costas. Naquele ponto, já tinha consciência de que devia estar sofrendo um infarto, ou um AVC, ou qualquer coisa que me mataria se não chegasse socorro o quanto antes.

Porra, não acredito que vou morrer assim.

Já no final das forças, decidi não esperar o retorno de Flora. Ela era medrosa, sempre fora. Devia estar na portaria, trancada no pequeno cubículo esperando a polícia chegar.

Que merda, por que ela não mandou o porteiro subir pra me ajudar?

Tinha que sair e procurar ajuda, bater na porta de algum vizinho e pedir que chamasse uma ambulância, que chamasse um médico.

Que merda! Vou morrer por causa desse porra que resolveu entrar aqui em casa!

Em novo pulo, avançando cozinha adentro, consegui me escorar na porta que levava à sala enquanto equilibrava o copo d'água agora já meio vazio. E foi dali que olhei para a porta que levava ao corredor, a porta por onde devia ter saído mais cedo, e então, absolutamente surpreso, pude me ver parado, já quase no corredor, como num espelho.

Diferente do que eu tinha deixado, percebi naquele momento, me encarando, que a casa estava novamente toda escura e vazia. E estávamos lá, o outro eu, parado, me olhando assustado, cheio de vida ainda, e Flora, na porta de entrada. Na mesma hora em que os vi, eles também me viram e se assustaram. Por um breve instante, deixaram de olhar para mim. Aquela Flora gesticulou para que o outro eu saísse, mas o outro eu gesticulou de volta para que aquela Flora corresse — e ela correu.

A cena grotesca, totalmente alheia à realidade humana, foi demais para mim.

Percebi que não adiantava buscar ajuda, nem mesmo que alguém chegasse para me socorrer, pois já estava morto. A morte estava ali, estivera o tempo todo, mesmo que não pudesse vê-la. Subitamente, senti toda a fluidez da vida partir por meus buracos. Foi como se mergulhasse em uma escuridão profunda, e percebi que, mesmo contra todas as leis da física, ainda estava ali, parado na porta da cozinha, segurando um copo d'água que provavelmente não existia mais.

Congelado naquela realidade de estar morto, vi o outro eu entrar na casa em busca do invasor e procurar na cozinha sem encontrar nada; e procurar na área de serviço e nos quartos e nos banheiros e na sala sem encontrar nada. Também vi o outro eu verificar portas e janelas sem descobrir nada de anormal. Então senti quando ele começou a passar mal e foi cambaleante beber água, e, tristemente, percebi quando ele teve plena consciência de que algo grave acontecia.

Subitamente, tive uma ponta de consciência de que estava morto fazia tempo, talvez anos, e que revivia o dia de minha morte sem descanso. Eu me lembrei de ver, depois daquilo tudo, do meu morrer, a tristeza de Flora, que percorria a casa por entre choros e gritos, sem me permitir descanso. Foram noites longas em que ela lamentou ter me perdido — e nem sou mais capaz, nessa minha irrealidade, de confirmar se o apartamento ainda é habitado ou se deu lugar ao deserto da tristeza.

    Sei que já perdi as contas de quantas vezes vi o homem na cozinha e de quantas buscas fiz na casa, e de quantas vezes passo mal e penso em buscar ajuda, somente para me ver ao lado daquela Flora parada na porta de entrada, até perceber que tudo sou eu, que me persigo tal qual cachorro persegue o rabo, revendo minha morte infinitamente.

    Só espero que não demore muito mais.

    Para o bem ou para o mal, preciso ter paz. Morrer cansa.

Belém, 09 de julho de 2017

DEVOROU-ME

Eu estava cansado.
Na verdade, cansadíssimo.

A noite anterior tinha sido terrível, um sono inquieto e rasteiro, desses que deixam de ser sono por qualquer motivo. Também tive sonhos estranhos que nem chegaram a ser pesadelos, mas que me amedrontaram muito. Em um deles havia um vulto turvo, borrado, que ficava parado bem na porta de nosso quarto, indeciso entre entrar ou não. Nesse sonho, a casa estava toda no escuro, então não consegui perceber se era homem ou mulher aquele ser misturado com a noite. Só tive certeza de que era alguém que não me queria mal. Parecia somente observar minha dormida sem qualquer outra intenção.

Tudo isso foi suficiente para a noite seguir intranquila, e para um acordar cansado e sonolento que me acompanhou por longo tempo no dia seguinte.

E a jornada foi terrível.

O dia improdutivo me matava em piscadas profundas, cada vez mais constantes. Se não fizesse nada, logo dormiria em pé de forma vergonhosa. Depois do almoço, a situação piorou ainda mais com a chuva que escureceu o céu, perto das 16 horas, e fez a tarde virar quase noite. Pedi para sair mais cedo, pois precisava chegar em casa o quanto antes, por total incapacidade de tudo. Voltando, em minha caminhada diária, sentia como se andasse dormindo e nem liguei para os pingos da chuva que me caíam no rosto.

O barulho da chave no trinco ecoou seco na casa vazia. Camélia só chegaria em mais duas horas, então tinha a casa em absoluta paz até perto das 18 horas, tempo mais do que suficiente para uma soneca que me restaurasse.

Precisava dormir.

Depois da noite quase inservível e dos sonhos de terror perturbadores, que me mantiveram em constante inquietação, tudo que precisava era dormir.

Não lembro onde deixei minhas coisas. Tirei a roupa rapidamente, joguei em um canto — mesmo sabendo que Camélia brigaria comigo — e me deixei livre, somente de cueca. Andei igual morto até o quarto e me larguei na cama sem nem ligar o ventilador. Com a chuva, fazia frio. Estava tão cansado que mal toquei no colchão, caí em sono pesado e imediato, peito encostado no colchão e abraçado ao travesseiro de sempre.

Eu dormia pesado quando Camélia chegou.

Mal escutei a porta abrir, mas ouvi os passos firmes na sala. Meu sono era perfeito naquele momento: a luz do dia sumia por conta da chuva, tinha gota d'água cadenciando ritmo na janela e me embalando, tinha frio e umidade que me percorriam as costas nuas, e tudo isso era bom. Era sono digno de me restaurar. A cama me agarrava de forma voraz, tudo feito sob encomenda para envolver meu corpo.

Quando Camélia entrou no quarto, eu não queria acordar ainda, queria dormir um pouco mais. Talvez Camélia, sabedora da noite ruim, penalizada pela situação de plena derrota do marido, me desse uns minutos a mais de descanso.

Quieto, sem fazer menção de acordar ou de notá-la, senti que ela me observava da soleira da porta e assim ficou por longos segundos, como se decidisse o que fazer comigo, se me acordava ou me deixava dormir. Por fim, ela avançou até encostar as coxas na lateral da cama, até minhas costas ficarem ao alcance de suas mãos. Ela começou a passar a ponta dos dedos pela minha pele nua, somente o finíssimo toque das unhas a me arrepiar os pelos, o leve arranhar indo e vindo, do pescoço até a terminação das costas, quase início da bunda, onde os homens já tiveram rabo quando mais próximos dos macacos.

Enquanto isso, eu me contorcia em espasmos fortes de arrepio e prazer, já impossível fingir dormir. Quis rir, mas antes que levantasse a vista senti a mão que subjugava minha vontade. Ela empurrou minha cabeça de volta à cama e fez um *shhh* que me deixou manso.

Camélia começou a tirar as roupas.

Ouvi cada peça de tecido cair displicente no chão — e talvez por isso ela não brigasse comigo pela roupa largada pela casa. Ri de tudo, mais ainda de imaginar o que haveria depois, que transaríamos até o início da noite, e ri feliz com a esposa que chegou empolgada. Tentei tomar alguma iniciativa, mas novamente fui barrado pelas mãos da mulher que se apoiava em mim com todo o seu peso, a mão esquerda nas minhas costas, a outra na minha cabeça, qualquer movimento impedido pelo meu corpo estar pressionado contra a cama.

Fiquei quieto, pois era o que ela queria.

Era a ordem naquele momento.

Senti quando Camélia montou em minhas costas como se fosse montaria arredia, apertando com firmeza meu corpo com suas coxas. Começou aí um processo de coisas inusuais que, por qualquer razão, nunca tínhamos feito. Primeiro foram beijos secos e curtos que percorreram todos os caminhos da minha pele, e, à medida que tudo meu ia sendo beijado, os carinhos se tornaram mais longos e demorados, e mais molhados, com toda a boca em plenitude dos lábios em quase serem lambidas. Logo também eram lambidas da língua a me percorrer todo, sem nenhum pudor, e pequenas mordidas que surgiam, ali e aqui, misto de dor e prazer a me levar aos céus.

Eu, totalmente dominado pela mulher que amo, que chegara esfomeada em casa e me devorava em beijos, língua, dentes e unhas, fiquei tão quieto quanto conseguia.

Acho que senti dor — certamente devo ter sentido dor —, mas mesmo isso, somado a estar selado como cavalo manso dela, me dava um prazer absurdo.

Estava duro a quase incomodar estar de bruços, a quase gozar a cada movimento desmedido da mulher que me dominava. E no auge de tudo, repentinamente, ela parou e deitou por completo em minhas costas nuas e lambidas e mordidas e arranhadas, ela também completamente nua.

Quieta por alguns segundos, mas ainda me segurando firme, ela chegou com a boca bem ao lado da minha orelha e riu descaradamente da minha situação, uma risada gostosa, satisfeita, sacana. Por mais que não tenhamos transado, foi até mais gostoso o quase. E ela ficou ali, parada, fazendo minhas costas de travesseiro por mais alguns instantes, até que se levantou repentinamente, correu para o banheiro, bateu a porta e passou a chave.

Antes de sair, antes que eu pudesse olhar, ainda sussurrou baixinho um *já volto, fica aí*, e assim fiz.

Fiquei deitado. Pensava no que teria acontecido com ela para chegar assim, tão cheia de vontade de me devorar daquele jeito. Será que estava se preparando para novas coisas no banheiro, ou estaria cansada de tanto provocar? Meus pensamentos iam distantes e nem me incomodavam as costas em frangalhos.

Ela demorava, quieta, e a casa voltou a ficar silenciosa. Lá fora, ainda as pesadas gotas de chuva nas janelas, o clima frio e a noite já escura. Não demorou para que eu voltasse ao sono profundo de antes.

Não sei quanto tempo dormi.

Só sei que acordei sobressaltado com a chave girando no trinco da porta da sala, com o mecanismo pesado da porta se movendo e com Camélia anunciando sua chegada, como sempre, com voz alegre em cantoria.

Despertei em um pulo e apareci de cueca na porta do quarto, sem entender nada.

— Você saiu!?

— Como assim?

— Você saiu agora?

— Não... Saí de manhã, junto contigo. Fui à aula...

— Não! Agora! Agorinha! Você acabou de entrar no banheiro...

— Não, Ferran! Cheguei agora...

— Claro que não. Você chegou mais cedo, a gente se beijou na cama, você beijou minhas costas, me mordeu, me arranhou.

Eu dizia isso enquanto tentava mostrar as marcas no meu corpo, mas não havia nada. Eu também não sentia mais as mordidas e as unhas na pele.

— Ferran, calma! Saí de manhã e voltei agora. Tu sabes disso. Não cheguei antes e nem fiz nada contigo.

— Então quem...?

Corremos ao banheiro para tentar entender, mas a porta estava trancada por dentro. Nervoso, sem pensar, arrombei a fechadura.

Vazio.

Sem sinal da mulher esfomeada que passara por mim e prometera voltar.

Monsarás, 26 de dezembro de 2016

DOIS MORTOS E A MORTE

O tempo do mau tempo está entre nós.
Pierre Albert-Birot

Meia-noite.

Depois de muito tempo diante do computador, me levantei e fui até a janela para abri-la. Fazia calor e a roupa grudava nas minhas costas como uma segunda pele pegajosa e incômoda.

A janela não tinha vista bonita. Dela, só via a área de ventilação que servia a todos os apartamentos e, em frente, a janela de outro apartamento, vazio, provavelmente tão quente quanto o meu.

A área de ventilação descia como um longo corredor vertical que ia do décimo sexto andar até o subsolo do prédio velho e decrépito onde morava. Era uma longa garganta de concreto que parecia engolir o vento e devolver calor, sem serventia nenhuma.

No caminho de abrir a janela, buscando uma esperança de brisa qualquer que aliviasse a quentura, puxei a cortina distraidamente e tomei um susto gigantesco, porque, do lado de fora, um homem semelhante a um inseto enorme me olhava fixamente, como se eu fosse uma apetitosa mosca e ele tivesse fome.

Nos encaramos durante alguns segundos.

Ele, todo vestido de preto, as costas grudadas na parede oposta, braços e pernas esticados como se fossem braços e pernas de uma aranha.

E, do outro lado, eu, roupas lavadas de suor, absolutamente assustado e estático diante da surpresa de um homem grudado do lado de fora de minha janela. Antes que pudesse gritar, que qualquer reação passasse pelo meu cérebro, ele abriu ligeiramente a boca e disse:

— Boa noite.

Diante de tanta educação, mesmo apavorado, respondi:

— Boa noite.

— Posso entrar?

— Infelizmente, não. A janela tem tela de proteção, sabe?

— Corte a tela e deixe-me entrar.

— Mas não sei se quero fazer isso. Não sei se quero deixar você entrar. Não costumo receber estranhos em casa...

— Desculpe minha falta de educação, mas estou muito ocupado tentando não cair. Chamo-me sr. Carniçal.

— Prazer. Eu me chamo Heleno.

Dito isso, com algum esforço para não cair, o sr. Carniçal estendeu um braço muito longo em minha direção, um braço quase sem fim, mas nem pudemos apertar as mãos por causa da tela de proteção. Constrangido, pus somente uns dedos para fora e bastou um simples toque para perceber que aquele homem era frio como um morto.

Já tocaram num morto?

Eu já toquei num morto.

Foi exatamente o mesmo toque, mas aquele homem estava vivo, apesar de não haver nenhuma lógica no homem vivo vestido de preto com as costas grudadas na parede do lado de fora da minha janela.

Apresentados, ficamos ali um diante do outro num clima estranho, e foi então que o sr. Carniçal pediu novamente para entrar.

— Posso entrar, por favor?
— Já mencionei o problema da tela.
— E já sugeri que a cortasse.
— Mas essas telas são caras, meu amigo. Além do mais, se fizer isso, vou deixar meu locador furioso e provavelmente ele vai me matar.
— Pois então... É justamente sobre isso que quero conversar.
— Sobre meu locador?
— Não, meu caro Heleno. Acontece que estou com fome. Faz algum tempo que não como e hoje resolvi sair para beliscar algo. Andei pela cidade inteira e acabei aqui, e nem sei por qual razão acabei aqui, mas cá estou e acabamos nos encontrando.
— E no que posso te ajudar?
— Bem... Preciso comer algo e me interessei por sua pessoa. De fato, de certa forma, me alimento de humanos ou de parte deles, ou de fluidos deles, ou, mais especificamente, de sangue. E gostaria de fazer um acordo com você.
— Que tipo de acordo você propõe, levando em conta o que acabei de ouvir?
— Pois bem, você poderia me dar de comer esta noite?
— Você está perguntando se aceito ser devorado hoje à noite?
— De certa forma, sim.
— Sinto muito, meu amigo, mas a resposta é não.
— Tsc, tsc, tsc...
— Mas por que você me pede isso, para me devorar? Você está grudado na parede do lado de fora da minha janela,

algo sem nenhuma explicação. Você deve ter poderes enormes e, mesmo assim, ainda pede educadamente para me devorar?

— Bem, se você estivesse aqui fora, eu certamente não pediria tão educadamente para devorá-lo. Bastaria abocanhar seu pescoço e pronto. Mas você está dentro de casa e existem algumas regras que, infelizmente, preciso respeitar.

— E que regras são essas?

— Por exemplo, não posso entrar na sua casa sem ser formalmente convidado.

— Se entendi bem, você se alimenta de sangue, tem poderes estranhos e não pode entrar em minha casa sem ser convidado. Só falta dizer que tem medo de cruz, que não tem reflexo no espelho e...

— A questão do espelho é realmente incômoda. Sempre fui muito vaidoso e detesto sair de casa sem saber se estou bem-vestido.

— Pare!

— Também tenho boas explicações para a cruz e o alho, e acho abominável essa história de estaca. Uma violência brutal.

— Por favor, não brinque com isso.

— Não brinco. Imagine! De qualquer forma, nada muda a presente situação, meu caro Heleno: estou com fome.

— Olha, acho melhor você procurar comida em outro lugar.

— Isso será uma discussão sem fim... Quem sabe não podemos discutir aqui fora? Ou, então, me convide para entrar.

— Antes de qualquer coisa, por que eu?

— Bem, sabe aquela tese científica de que cachorros teriam um olfato extremamente aguçado, com milhares de receptores

olfativos? E que por isso poderiam sentir o medo dos humanos?
— Sim, já li sobre isso.
— Pois então, é tudo mentira.
— Jura? Sempre acreditei que...
— Por outro lado, eu e meus semelhantes podemos sentir alguns cheiros peculiares, dentre eles o cheiro de suicidas.
— Interessante... Esse dom, bem utilizado, poderia ajudar muitas pessoas.
— Mas ajuda principalmente a mim, pois consigo escolher as refeições de forma justa e correta. Imagine a dor de consciência que teria ao devorar uma pessoa de pleno vigor, cheia de planos e projetos, disposta a estabelecer família e enorme descendência. Seria horrível! Contudo, tendo a capacidade de identificar suicidas, fico sem qualquer peso na consciência ao devorar alguém que em breve se mataria. Comerei aquele que logo pulará ou beberá ou atirará ou atará o nó fatal. Assim, nesses casos, sou somente a abreviação da morte e me alimento de forma saudável, tanto para a mente quanto para o corpo.
— Incrível isso. Porém, aparentemente, há um erro brutal aí, um erro até rude, pois não pretendo me matar. Ainda pretendo me casar e ter uma longa vida ao lado de meus filhos.
— Tem certeza disso, meu caro Heleno?
— Claro que tenho.
— Tem mesmo?
— Já disse que sim...
— Absoluta certeza!?
— Bem... Ok, ok... Não estou na melhor fase de minha vida. Ando meio triste e me sentindo só, mas isso não significa que pretendo me matar.

33

— Não é o que diz meu nariz.

— De qualquer forma, mesmo que queira morrer, por que escolheria morrer sendo devorado como um bicho?

— Primeira coisa que você deve ter em mente: morrer é tudo igual. O que une as mortes é o resultado. Segunda: para mim, você não passa disso, um bicho sendo caçado, amedrontado diante do predador, ainda que agora esteja seguro no aconchego de sua toca.

— Discordo. Primeiro que não sou bicho, segundo que mortes podem ser diferentes. Se escolhesse me matar, certamente tomaria remédio para dormir e, em seguida, um veneno infalível. Ia morrer dormindo, sem sentir nada. Imagine a angústia e o terror diante do cano de uma arma, ou da forca atada, ou do precipício.

— Imagino, meu bom amigo.

— De qualquer forma, independentemente do método, sinto informar que realmente não pretendo dar cabo de minha vida.

— E chama isso de vida? Permita-me um pingo de extrema grosseria, meu caro Heleno.

— Tenho escolha?

— Pois bem: você não passa de um absoluto fracasso. Faz mais de ano que está desempregado e vive da bondade de seus pais e amigos. Usa roupas velhas e puídas e um único par de sapatos que ainda lhe cabe. Fica feliz quando recebe trapos doados por caridade, restos de roupas que não servem dignamente a mais ninguém. Está gordo e sua saúde vai mal, mais parece um porco a suar e empapar as vestes e lençóis com as águas de suas banhas. As pessoas têm pena de você, amigo, um total desqualificado na vida, um estorvo sem nenhuma perspectiva de felicidade. Tudo isso, mais sua careca que desponta de forma veloz, afastam qualquer possibilidade de relacionamento futuro e descendência. A última vez que transou foi em dezembro de 2015 e ainda foi capaz de broxar, totalmente sem fôlego depois de parcos três minutos de atividade. Não se engane. Sua vida é motivo de piada e pena. Além de desqualificado, um nojento que afasta qualquer pessoa sadia, o senhor é chato, meu caro Heleno, uma das pessoas mais chatas e maçantes que vivem atualmente nesta cidade. Sua chatice é comentada de forma velada pelas suas costas. Sua vida é uma merda, uma grandiosíssima merda, e nada vai mudar isso. A única saída que resta é assumir seu retumbante fracasso e, por fim, *matar-se*, o que poderá libertá-lo desse inferno em vida. Sei que quer isso. Sinto o cheiro de suicídio brotando de seus poros e nunca errei. Nada é capaz de esconder tal aroma. A única coisa que a tela de proteção impede, na verdade, é o cair de seu fétido corpanzil, meu caro.

— Bem, sobre a broxada que o senhor comentou, tecnicamente não...

— CALE-SE!

— O senhor de fato sabe ser grosseiro.

— E nem se esforce para esconder as lágrimas. Desde o momento em que nossos dedos se tocaram pude ver toda a sua vida e todos os seus sentimentos.

— Bem, não vou mentir, o senhor tem razão em quase tudo, mas isso não significa que vou me matar. Hoje posso ter esse tal cheiro de suicida, mas amanhã esse cheiro pode mudar. Posso arrumar um emprego e sair dessa fase ruim. E posso cuidar da minha vida sem depender da bondade dos outros. E sobre amar, minha avó dizia que toda panela tem uma tampa...

— Acontece que o senhor é frigideira e não me convencerá do contrário!

— Da mesma forma, nenhum de seus argumentos fará certa minha morte. Muito menos me convencerá a ser devorado de forma dócil.

— Então estamos num impasse. Se por um lado não posso convencê-lo a ser devorado, também não posso entrar em sua casa sem permissão para saciar minha sede.

— De fato, não vou convidar você e nem vou sair de casa por algum tempo depois de hoje.

— Perfeito. Prossiga então com sua vida patética. Diante do insucesso da refeição, só me resta sair pela cidade em busca de outras possibilidades. Felizmente a cidade está infestada de pessoas tristes que me servirão perfeitamente, muitas delas andando distraidamente pela rua.

— Pois boa sorte.

— Obrigado, meu caro. Diante de sua firmeza hoje, espero sinceramente que sua vida melhore.

— Espero o mesmo. Adeus.

E nos despedimos.

Num movimento abrupto, vi o sr. Carniçal se despregar do muro e escalar a parede com extrema facilidade, como se saíssem garras de suas unhas a fixá-lo na subida tenebrosa. Subiu até o telhado e alçou voo como se fosse um pássaro negro percorrendo seus domínios em busca de outra refeição satisfatória.

Precisei de longos minutos para me recompor do susto e do inesperado da situação. Nunca dantes eu havia sido visitado por um ser daqueles. Nem bem acreditava em sua existência. Agora, enquanto buscava controlar o tremor que me dominava, suava mais do que o normal e tentava segurar um choro compulsivo. Era um misto de medo, pavor e de estar perdido diante de tanta coisa. Havia sido duro encarar o monstro, porém mais duro ainda era enfrentar as palavras trazidas à tona, palavras verdadeiras, mas guardadas tão no fundo em minha alma que antes pareciam nem existir.

Talvez buscando abreviar a conversa, o sr. Carniçal não tinha falado nem metade dos dramas e fracassos que me afligiam a vida.

De fato, eu era um fracassado.

Desde muito cedo tive essa certeza, principalmente quando via meus semelhantes ganhando espaço na vida, ganhando dinheiro e sendo felizes, enquanto eu me afundava cada vez mais no lamaçal da mera sobrevivência. Ter sido demitido era o de menos. Desde minha admissão, tive total consciência da minha condição plenamente dispensável. Ser despedido foi somente minha vida tomando o rumo certo. Sem dinheiro, eu era ajudado por meus pais velhos e doentes, que mal tinham como sobreviver. Mantinha-me naquele apartamento minúsculo, calorento, velho e mofado para tentar sustentar qualquer aparência de dignidade. Tinha nojo de mim. Nojo da minha aparência imunda, sempre suado, com as roupas grudando em todas as partes.

E a quem queria enganar?

Fazia tempo que não enxergava nenhuma solução para minha vida, somente vislumbrava mais sofrimento em meu triste destino. Fazia tempo que pensava com seriedade na possibilidade de me matar, de pôr fim àquilo tudo. A possibilidade de o mundo ser o inferno de outro mundo era bastante evidente para mim, que vivia, aqui, as aflições de todos os infernos conhecidos. A menção ao remédio para dormir e depois ao veneno não surgira na conversa por acaso. Era o plano que vinha sendo maturado, pensamento fixo que vinha acalentando carinhosamente para, um dia, finalmente aceitá-lo.

Por que não me matar, afinal? Como o rompimento da barreira que segura força d'água gigantesca, o momento seguinte à conversa com o sr. Carniçal foi de puro desânimo e desespero.

Por que não me matar? Não havia o remédio, não havia o veneno, nem havia a grana para qualquer coisa. Só esmola e piedade.

Mas havia a faca.

Por que não corto essa maldita tela e foda-se o locador? Este apartamento é uma grande merda mesmo. Basta fazer como disse o vampiro. Corto a tela, que somente impede meu pulo, ou fico aqui, esperando sem fim o surgimento da oportunidade que nunca se concretiza, da coragem que nunca chega. Corto a tela e pulo, e por que não faço isso? Tão simples. Assim a vida acaba e tenho paz.

E assim o fez.

Na noite seguinte, o sr. Carniçal folheava o jornal do dia quando reconheceu a foto do pobre Heleno nas páginas policiais.

Só pôde lamentar o desperdício.

Teria sido uma excelente refeição.

Belém, 24 de fevereiro de 2017

O DENTISTA

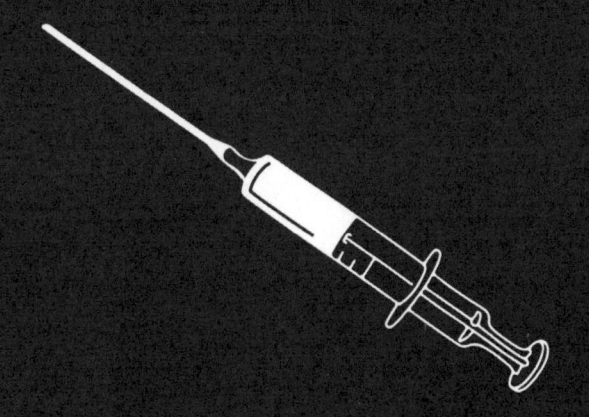

Cheguei ao consultório, passei álcool em gel nas mãos, pisei na bandeja com líquido para higienizar os sapatos, sentei e esperei. Poucos minutos depois, o dentista veio, sorridente, me cumprimentou e pediu para que me sentasse na poltrona. Eu sentei.

Mal vi ele chegar com uma injeção pequenina, dizendo:

— Abra bem a boca.

Eu abri, mesmo incomodado com o tom de voz dele, uma coisa meio maligna que não soube explicar.

Mas era impressão minha, com certeza. Talvez o medo de tirar os sisos estivesse mudando minha perspectiva daquele homem sempre tão gentil anteriormente. Ainda mais porque tiraria os quatro dentes de uma vez só, opção arriscada, mas minhas radiografias recomendavam que fosse assim.

Enquanto pensava nisso, veio a picada, a boca adormeceu e fiquei grogue.

No meio de estar zonzo, não via mais o dentista ou sua assistente. Só via vultos velozes vagando, vez ou outra, ao meu lado. Também ouvia vozes distorcidas, como num pesadelo horrendo.

Não conseguia entender bem o que diziam, mas achei ter escutado um "pede pra ele entrar" que me deixou alerta, mesmo dopado. Afinal, desde sempre a equipe do consultório era o dentista e sua assistente. Não tinha sido informado da presença de mais alguém, então me senti extremamente desconfortável com aquela frase entreouvida.

Nisso, as vozes viraram cochichos e um terceiro vulto apareceu de fato. Só que, na sequência, os dois sumiram e ficamos somente eu, desnorteado, e o novo vulto, mais forte e alto do que o dentista. Também não se vestia de branco. Vestia vermelho, como se fosse um diabo.

Ele se debruçou sobre mim e começou a agir de forma estranha, e me lembro de pensar em desespero:

"Mas não é isso!"

"Larga meu pescoço!"

"É a boca! É o dente!"

Pensava nisso enquanto o desconhecido apertava minha garganta sem me dar qualquer chance de defesa, me sufocando.

"Para! Vou morrer."

Eu me lembro do rosto dele, terrível, sorrindo malvado, feliz; e as minhas pernas se debatendo de forma convulsiva, quase em espasmos, na cadeira. A anestesia deveria ter sido local, mas eu estava completamente sedado, incapaz de reagir!

Enquanto isso o homem sussurrava, quase babando: "Morre, maldito."

Ele parecia se vingar de mim e eu nem sabia a razão.

E morri.

Ao fim, morri.

Como se por milagre, após morrer, no instante seguinte, um sopro de ar invadiu meu peito como se fosse inundação. Doeu

respirar. Dei uma breve olhada ao redor, vi que estava novamente na cadeira, com o dentista e sua assistente me segurando como se precisassem fazer força:
— Calma, cara.
Eu seguia sem conseguir falar, anestesiado na boca, o corpo realmente atordoado, mas vivo.
— Acontece! Te acalma.
Enquanto ele falava, eu procurava freneticamente pelo homem de vermelho pelo consultório, mas ele não estava mais ali.
— É reação da anestesia, amigo. Dá uma primeira queda, depois desperta. Tem gente que até sonha.
Então teria sido um pesadelo?
Mais calmo, ainda sem poder falar, relaxei na cadeira para começarmos os procedimentos.
Adeus, sisos, eu pensava.
Mas, antes de iniciar, uma nova seringa surgiu.
— Vou te dar uma dose um pouco maior, tá? Pra não termos mais surpresas.
Nem consegui concordar, e aos poucos me senti adormecer de forma suave, como se fosse a noite caindo.

Subitamente, novo respirar assustado; novamente o ar invadindo meus pulmões, como se estivesse ressuscitando; novamente a dor da respiração enorme, como se fosse a primeira.
Sem conseguir entender a informação, me deparei com o dentista quase sentado em meu peito, enfiando um alicate fundo na minha boca e fazendo força, mas eu não sentia nada.

— Mas é normal essa reação, sabe? — falava ele, arfando, fazendo força.

— Huhum — resmunguei.

— Ter esse tipo de sonho, até pesadelos — disse ele, fazendo mais força.

— Huhum.

— E nem é um problema, sabe, sonhar. A gente meio que já fica preparado esperando todo tipo de reação. — Mais força, mais força. — O problema é quando o pesadelo fica muito real — falou ele, meio que rindo.

— Huh.

— Principalmente quando aparece o homem de vermelho.

Dito isso, o dentista desandou a rir de forma sinistra, como se já não pudesse esconder sua real intenção. E, na mesma hora, ele parou de fazer força e sumiu do meu campo de visão. A assistente também tinha desaparecido, e eu estava só, com o alicate ainda preso na boca, sem sentir nada e incapaz de me mover.

Fiquei longos segundos assim, capaz de ouvir somente minha respiração, desprovido de meus sentidos, até que ouvi novamente a voz do dentista vindo de perto da minha orelha, quase um sussurro.

— Ele é assustador, né? O homem de vermelho? Ele gosta de matar, mas isso tu já sabes. O que tu ainda não sabes é que eu também gosto — completou ele, deixando de lado o sussurro e falando com uma voz aguda, como descontrolada.

Sem que tivesse tempo de qualquer reação, algo cortante e fino, talvez um bisturi, passou veloz pelo meu pescoço, *zás*, e senti um jato de sangue voar longe, saindo da minha

O DENTISTA

veia que pulsava. Percebi a surpresa do homem, antes todo branco, agora manchado de vermelho.

— Caramba, cara! Olha o que você fez! Agora também sou o homem de vermelho, mas eu mato bem diferente dele — falou o dentista, aparentemente furioso pelo sangue que escorria do jaleco branco.

Eu, fixado na cadeira, imóvel, petrificado, não conseguia gritar nem nada. Maldita anestesia. Pelo menos percebia meu sangue se esvair sem sentir dor.

— Porra, cara! Eu nem tenho roupa extra. Era meu único jaleco limpo. — E ria. O homem ria como se minha morte fosse um grande espetáculo de humor.

Recomeçam os espasmos, braços e pernas tremendo, balançando de forma tão desconcertante que parecia que alguém me manipulava, como marionete.

Longe, ouvi:
— Vai, coloca o sugador aqui! Vai... Pronto! Foi! Acabou.
O barulho de algo duro batendo no metal foi a última coisa que ouvi.

Distante, alguém me chamava. Na minha mente confusa, saturada de anestésicos, era a morte, tinha certeza.

Mas não era a morte!

Abri os olhos lentamente e vi, outra vez, o consultório. O dentista me olhava risonho, comentando com a assistente e comigo, parecendo se divertir:

— Cara, você apagou legal.
— E olha que o senhor usou a dose mínima — completou a mulher.

Eu tentava rir por reflexo, mas não conseguia. Estava feliz por estar vivo e, aparentemente, sem os sisos.

— A operação foi um sucesso. Tirando teus pesadelos, foi tudo como esperávamos — disse o homem enquanto me mostrava, no balcão, quatro dentes imensos que me olhavam cabisbaixos, mergulhados em uma mistura de água, sal e sangue.

Minha boca, completamente anestesiada, talvez sorrisse, acompanhando o clima de brincadeira que reinava no ambiente.

Um pesadelo enorme tinha acabado.

Uns dez minutos depois, com auxílio do dentista, me levantei e andei até o sofá, onde me sentei e esperei mais um pouco. Era necessário ter certeza de que não haveria nenhum efeito colateral da anestesia.

— Mas olha, foi tudo lindo mesmo. Os dentes saíram facinho, como indicava o raio x. Teve pouco ponto, pouco sangue. Não deve ficar inchado nem muito dolorido.

Eu só balançava a cabeça, concordava e agradecia.

— Você tá bem? Sente alguma coisa estranha?

— Rurrum.

— Acha que já pode ir?

— Huhum.

— Então te levo até a porta. Vamos.

Novamente escorado, quase pendurado no braço do dentista, caminhamos em direção à porta. Na outra mão, eu levava a caixa com meus dentes mortos.

— Sobre o pagamento, na segunda-feira você deposita o dinheiro na minha conta. Sem pressa, tá? Relaxa no final de semana e faz isso semana que vem, sem pressa.

Mas, antes de abrir a porta, ele parou e falou.
— Mas vem cá... Você não vai dirigir, né?
— Rurrum.
— Vai pegar táxi?
— Huhum.
— Mas sozinho? Não, cara, você não tem condições. Não, de forma alguma. Sou responsável por ti. Você não vai embora assim.

Novamente senti aquele maldito tom maligno na voz dele. Sem nem entender a razão, incapaz de andar sozinho, comecei a chorar. E ele, com um sorriso assustador no rosto, enxugava minhas lágrimas.

— Não, cara... Se você sair daqui assim, ainda se acidenta. Tenho que ter responsabilidade com meus pacientes — disse ele enquanto me empurrava de volta ao sofá.

Que maldita anestesia era aquela? Não podia ser normal eu estar assim, completamente apático, sem nenhum instinto de sobrevivência. Não sei como ele fez, mas, como mágica, surgiu outra seringa, e eu só chorava muito.

— Não. Não chora, amigo. Falta pouco — dizia ele, rindo, enquanto me imobilizava com os joelhos.

Não senti a picada, mas senti minha consciência partir novamente. Ainda ouvi quando ele se virou para a assistente e falou, contentíssimo:

— Traz o meu jaleco vermelho, por favor? Vou recomeçar.

Anestesiado por não sei quantas doses, fui novamente colocado na cadeira, sem chance de me opor.

Dessa vez fui amarrado, tiras de couro que me prendiam cabeça, braços, pernas e tronco — como se houvesse condição de reagir.

— Só faltam mais quatro dentes, amigo.

Sem sentir minha boca, sem sentir nada, vi vários dentes jazendo em um pote branco que antes estava escondido, com água e muito sangue. Sabia que eram meus.

— Não te preocupa, não vais ficar banguela. Depois desses quatro vou acabar de vez com isso...

Em choro convulsivo, eu só pensava:

"Sim... por favor... acabe logo com isso..."

Acordei horas depois, em casa. Estava vivo e aparentemente íntegro. Apesar do efeito da anestesia ainda forte, consegui sentir todos os dentes na boca, menos os quatro sisos que jaziam ao meu lado, no mesmo pote branco de água, sal e sangue.

— Finalmente, amor.

Ao meu lado, Assucena velava meu sono enquanto lia um livro.

— Caramba... tivemos que te carregar do consultório. Ainda bem que eles tinham meu número. Você não deu trabalho, mas apagou legal — disse ela enquanto me acariciava os cabelos.

Sem conseguir digerir as informações daquele dia terrível, de todos os pesadelos e sensações que nitidamente vivi, notei que Assucena usava um vestido vermelho. Foi instintivo tremer de medo, e Assucena, em resposta, apenas sorriu. Tive a louca impressão de que em seu sorriso havia o mesmo aspecto maligno que tanto me assombrara antes, ou eu estaria maluco?

Assucena levantou-se e foi até a bancada.

— Você quer água? — E, antes que eu pudesse murmurar resposta, ela me serviu um copo.

Tive vontade de chorar ao ver aquela figura de vermelho de costas para mim, que silenciosamente talvez prenunciasse momentos terríveis, servindo-me água de forma singela. Cansado de sentir o peso insustentável daquele medo, enfiei o rosto fundo na rede e busquei não pensar mais em coisas ruins.

Belém, 04 de setembro de 2020

A FOLGA DO SOLDADO

A FOLGA

P erguntam-me se sinto falta dele.
    Claro que sinto falta dele! Foi meu marido, agora morto pela guerra.
    Como não sentir falta do homem que amei, que cuidou de mim — e eu, dele?
    Como não sentir falta do homem com quem floresci?
    Dizem que perdi a sanidade após sua morte, mas ninguém parece entender minha dor.
    A guerra chegou sem avisar e levou todos os homens da vila. Deixou somente os velhos e os doentes, e os meninos crianças invejosos dos uniformes azuis tão elegantes, invejosos das armas enferrujadas. Nossos soldados saíram daqui muito bonitos, muito alinhados, somente para serem metidos nos matos, afundados nas trincheiras e morrerem de bala e de doença. Uns poucos até voltaram, mas chegaram cegos, gaseificados de mostarda.
    Foi nessa tropa de fardados que meu marido se foi, azul, azul, igual eram seus olhos.
    Quase não pudemos nos despedir — tal era a pressa que aqueles homens tinham de morrer. Nosso último contato foi um beijo imprensado na grade da estação, mas, mal nos beijamos, logo fomos separados pelo apito estridente do fiscal da

53

gare e pelos gritos ensurdecedores do sargento mandando que todos subissem nos vagões de terceira classe. Dada a ordem, subitamente a multidão se fez igual água de enchente afastando terras, afastando nossos corpos, e então meu marido afundou-se no sumidouro de gente e desapareceu na escuridão do trem.

Dizem que jamais recuperarei a sanidade — um completo disparate, pois nem mesmo estou louca.

Mas imagine a tristeza que é receber oficial com faixa preta no braço na porta de casa, com carta dizendo *morreu seu marido*. Depois, entregaram uma medalha bonita, uma carta onde estava escrito *herói*, mas não tinha pescoço para pendurar nem peito onde fazer pouso.

Consegue imaginar isso?

Disseram que morreu sem dor, uma bomba que desabou certeira na casamata e explodiu todo o pelotão, e meu marido estava junto, e ninguém teve tempo nem para um *ai*. Não teve corpo para enterrar, meu marido espalhado pela floresta do inimigo — transformado em floresta —, largado em terra estrangeira misturado à carne de seus companheiros. Ao menos morreu com seus iguais, com quem viveu seus derradeiros dias.

Mas o senhor consegue entender a dor que é velar carta e medalha, e nada mais? O senhor entende a frieza de não haver rosto onde derramar lágrima nem caixão onde deitar a cabeça?

Acho absurdo perguntarem se sinto falta dele, ou dizerem que perdi a sanidade, ou que jamais voltarei ao normal. Perguntas e afirmações cretinas diante de tudo que a guerra me presenteou e, sinceramente, não tenho mais tempo para perguntas e afirmações cretinas, muito menos tenho tempo para cretinos.

Preciso seguir vivendo, sobrevivendo enquanto homens se matam nessa guerra sem fim, de ser quase eterna em sua bestialidade. Não tenho tempo, essa é a verdade. Morreu o marido, mas ainda tenho filho para criar e a obrigação de fazê-lo forte para que possa morrer nesta ou noutra guerra, para honrar o nome do pai.

Nessa outra guerra — que pode ainda ser esta mesma, que nunca acaba —, os oficiais verão meu menino e perguntarão: "Não és filho do soldado Celestino, da vila de Monsarás?"

Perguntarão, sim, pois disseram que Celestino foi herói e meu filho terá honra de carregar seu nome antes de também morrer. Então, por favor, senhor, peço que parem com isso de dizer que estou doida, pois não estou.

Apesar das tristezas, hoje é dia de festa, é dia de folga de meu marido. É quando ele volta para casa, mesmo que brevemente, só até o sol raiar. Ele sempre me visita em suas folgas e me cobra amor. E há tanto amor. Mesmo nos dias em que meu marido me surge estraçalhado, longos nacos de carne faltando em todas as partes, um buraco no meio do ventre cavado pela bomba, mesmo nesses dias nos amamos, e tento ser compreensiva, porque me dou conta de que ele não se apercebe de sua morte. Não cabe a mim acabar com a alegria que temos, e assim conformo-me a amar meu homem mesmo que em carnes moídas pela batalha.

Ninguém o vê, somente eu, e meu menino intui a presença do pai, mas treme de terror e se tranca no sótão, incapaz de encenar qualquer amor diante do fantasma.

E dizem que estou louca. Culpa minha de desabafar com as vizinhas, fofoqueiras, agora sei.

Não me importa que sintam medo da minha pretensa loucura, ou dos sons do nosso amor. Não me importa que peçam que me queimem na fogueira, culpada de sortilégios e maldições. É inveja das visitas cada vez mais frequentes, das folgas cada vez mais libertárias, pois meu marido voltou e elas nem mesmo têm notícias de seus mortos espalhados pelos campos inimigos.

Enquanto gememos sem medo, escutamos o povo que brada lá fora pedindo meu fim, a turba cada vez mais próxima de invadir nossa casa. Felizmente, meu homem me tranquiliza, faz planos de como será nossa vida quando as batalhas acabarem, e não tenho tempo a perder. Com tantas lutas pela frente, os soldados todos ocupados, chafurdando na lama das trincheiras, é necessário aproveitar as noites que ainda temos para nós, enquanto a inveja e a realidade dos viventes não coloca fim aos nossos incertos dias de festa.

E ficamos por aqui, amigo. E não me perturbe mais, pois, apesar das tristezas e raivas, hoje é dia de festa. É a folga do meu soldado.

Belém, 07 de março de 2017

FERRAN, O VINGADOR

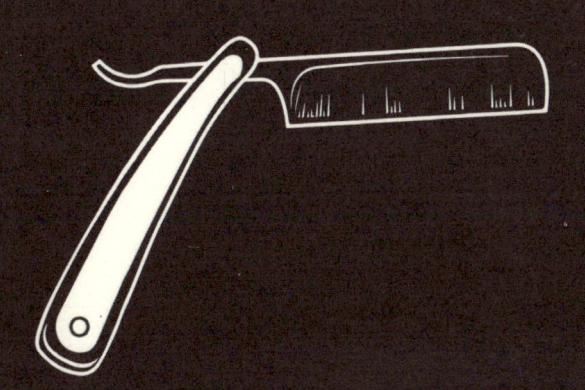

Começaram a morrer os barbeiros do Salão Central, que ficava no térreo do Hotel Central, um dos mais elegantes da cidade.

A sequência de mortes começou com Andrade Lemos de Albuquerque, que teve uma diverticulite mal diagnosticada e ignorada pelos médicos da Santa Casa de Misericórdia; duas semanas depois, foi a vez de Belizário Estumanho Guedes, acometido de estranha inflamação capilar, de difícil tratamento, que terminou com um crescimento desproporcional de seu crânio, que, por fim, explodiu jogando miolos por todos os cantos; duas semanas depois, morreu Charles Campos Elísios, que levou uma bolada na cabeça durante uma partida de futebol, pancada tão forte que deslocou sua coluna e proporcionou morte rápida e indolor, no meio do campeonato de várzea do Jurunas; novamente, em duas semanas, faleceu Deomar Pinto Forte, após queda da escada do cinema depois de assistir ao último filme de Jerry Lewis, uma comédia avassaladora; por fim, também em duas semanas, Estevão Indigenista Brasileiro morreu afogado numa piscina infantil, na sede esportiva da Associação dos Cabelereiros e Barbeiros Paraenses, AsCaBePa, no auge de uma solitária bebedeira.

Ainda no velório de Estevão Indigenista Brasileiro, na sede funerária da Associação dos Cabelereiros e Barbeiros Paraenses, AsCaBePa, alguém ligou os fatos e percebeu que as mortes chegavam em estranha sequência alfabética. Imediatamente, toda a assistência olhou de forma triste, consternada, para Ferran Xavier Silva da Silva, que logo se benzeu e pediu que parassem com a brincadeira funesta. Ferran Xavier deu três pancadinhas na madeira que estava mais perto, que por acaso era o caixão de Estevão Indigenista Brasileiro, o que só fez aumentar o sentimento geral de angústia e o clima de mau agouro.

Óbvio que a situação era por demais estranha, uma tétrica sentença baseada no abecedário, que não dava margem a erros ou dúvidas. Mas, em geral, Ferran Xavier não acreditava em baboseiras, principalmente naquelas que propagavam sua morte iminente. Acontece que, em seu íntimo, o pobre homem se questionava sobre os mistérios da vida e da morte e, por precaução, acendeu vela diante da imagem de Nossa Senhora de Nazaré, que andava esquecida num canto do sobrado onde morava.

Após noite em claro, logo depois da entrega do corpo de Estevão Indigenista Brasileiro à boca de concreto do cemitério de Santa Izabel, Ferran Xavier tomou uma decisão não totalmente criticável.

Logo após o luto, pediu demissão ao gerente do salão sem nenhuma explicação, mas não sem antes indicar para sua vaga a pessoa de Fenellaw Gunterman Hadesberg, um cidadão belga que pretendia fazer morada na cidade e era conhecido seu, que nada falava ou entendia de português, mas que cortava cabelo com excelência e manuseava a navalha como poucos. Diziam que a maestria se devia a centenas de degolações de negros no Estado Livre do Congo a mando do rei Leopoldo II, o Carniceiro.

Ferran Xavier queria muito o salvamento.

Em duas semanas saberia sobre o sucesso de seu plano e, com a intercessão de Nossa Senhora, ainda vingaria todos os negros massacrados no Congo Belga.

Belém, 08 de julho de 2017

SOLO SANTO

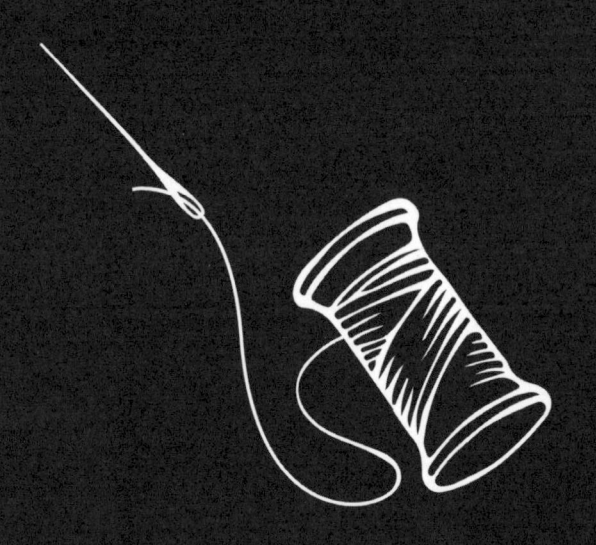

Maculata sempre foi louca. Na infância, viveu presa à cela de sua cabeça, a um silêncio perpétuo, como se o cérebro fosse espaço vazio incapaz de formular palavras ou os pensamentos mais simples. Além do mutismo, Maculata também era incapaz de criar elo com outros humanos. A única que extraía mínimas reações da menina era sua mãe, Acácia, costureira conhecida na vila de Monsarás por seu ofício exercido com maestria. De resto, era como se os demais moradores fossem espectros invisíveis, transparentes, incapazes de serem notados pelos olhos brutalmente azuis e apáticos da menina que era louca.

Acácia era responsável pela sobrevivência das duas, já que eram sozinhas no mundo, e percorria as ruas de Monsarás sempre com a filha agarrada à barra de seus vestidos, a menina que balbuciava poucos e breves ruídos como se fosse bicho. Acácia buscava encomendas, entregava roupas, pregava botões, comprava tecidos e fazia mil coisas para que tivessem o mínimo para viver. Assim Maculata foi criada.

Acontece que, quanto mais a menina crescia, mais evidente ficava sua loucura. Mais evidentes ficavam também os olhares de pena e os risos de zombaria, cada vez menos discretos.

Após muito esforço e dedicação, não demorou para que Acácia formasse uma clientela fiel, que somente confiava em seus bons dotes para resolver os serviços mais complicados.

Ao mesmo tempo, por conta de todo o maltratar que a cidade oferecia à filha, Acácia e Maculata foram se tornando cada vez mais reclusas, então, a ponto de viverem trancadas em casa, atendendo somente pela fresta do portão e apenas aqueles clientes mais selecionados pelo tempo. O mundo era por demais cruel, mesmo naquela vila pequena e aparentemente pacífica.

Ao fazer dezesseis anos, quando quase se tornava mulher, Maculata começou a dar curtos e inesperados sinais de que saía do abismo em que estava presa. Eram breves interações cada vez mais regulares e conscientes, como se, em todos os anos de silêncio, estivesse observando tudo ao redor. Primeiro foram conversas curtas com a mãe. Depois, interações mais longas e frequentes com vizinhas mais próximas e com as poucas clientes da costura que frequentavam a casa pobre. Por fim, ao testemunhar tal milagre, a mãe floresceu junto, e a vila inteira se alegrou imensamente, pois presenciavam ressurreição jamais imaginada.

Porém logo ficou claro que a felicidade não seria plena.

Porque junto com o renascimento de Maculata surgiu um inexplicável reflexo de matar, um agir impossível de controlar, como se a menina tivesse sido curada não por força divina, e sim por obra do diabo, com o único intuito de fazer maldades naquele canto esquecido do mundo.

Em grande parte do tempo, Maculata agia dentro da mais pura normalidade. Ela podia estar fazendo qualquer coisa, como lavar roupa, cozinhar, quando então, do nada, atentava contra a vida de quem estivesse ao redor.

Um dia, enquanto ajudava a vizinha na horta, tirando as ervas daninhas, plantando canteiros, ergueu a grande pá o máximo que pôde, buscando acertar a cabeça da mulher de forma traiçoeira, sem qualquer aviso. A mulher se salvou por milagre, somente com um rasgo fundo na testa, mas o susto foi suficiente para alertar todos sobre os perigos que rondavam Maculata.

No momento em que festejavam a cura, começou a haver medo.

Outro dia, Maculata descascava laranjas na varanda de sua casa quando viu algumas crianças brincando na rua. Sem dizer nada, agarrou firme a faca e saiu correndo, ameaçadora, investindo a lâmina contra os pequenos que corriam desesperados, gritando, buscando ajuda. Felizmente, o socorro chegou a tempo, e Maculata foi contida, mas faltou pouco para que se armasse um linchamento.

Por fim, em uma calma tarde de setembro, depois de dias sem qualquer sinal da doença, Acácia recebia Leguina, uma velha amiga que sempre ajudava nas pequenas costuras e bordados, quando Maculata tentou enfiar um garfo nos olhos da visita. Leguina, apesar de idosa, conseguiu se livrar dos golpes e correr, deixando linhas e agulhas no chão enquanto gritava pela rua, apavorada.

Instigado pelo povo, que queria uma execução sumária, o Conselho de Monsarás se reuniu e decidiu dar mais uma chance a Maculata, em respeito aos muitos anos de serviço prestados pela sua mãe. A menina, então, foi terminantemente proibida de portar qualquer objeto capaz de matar, sob pena de se fazer cumprir a vontade da população.

* * *

Acontece que, diante da proibição de pegar em armas, Maculata passou a transformar qualquer objeto em instrumento de seu ódio irracional. Como se fosse obediente a uma voz que dava ordens cruéis, Maculata tentou matar o filho do ferreiro Gaspar, criança pequena que passeava alegre pela via pública, quase esmagado com uma enorme pedra solta do calçamento; logo depois, tentou sufocar o padeiro Bader com um lenço de seda que havia ganhado da mãe; na sequência, com um bule de ferro fundido, golpeou diversas vezes a cabeça da criada do pároco Félix, que ficou com o rosto totalmente deformado, irreconhecível. Por fim, sem mais argumentos, sem condições de dar uma terceira chance, o Conselho de Monsarás se reuniu e decretou a pena de morte.

Maculata seria enforcada na manhã seguinte, sem chance de clemência.

Logo que o voto do Conselho foi tornado público e se espalhou pelas ruas a notícia de que haveria uma execução, depois de tantos anos, e antes que os homens saíssem para cumprir a captura de Maculata, Acácia pegou a filha e as duas fugiram da cidade pela fronteira do mangue, quase sempre deserta, levando somente agulhas, linhas e poucos tecidos, mais três nacos de pão e carne-seca, mais umas poucas moedas que estavam guardadas por segurança.

Fugidas, Acácia e Maculata passaram semanas caminhando de noite, protegidas pela escuridão, se escondendo durante o dia, enfiadas em qualquer buraco, somente escutando o barulho assustador das hordas de volantes mercenários contratados pelo Conselho para encontrá-las. Depois de semanas andando pelas matas da ilha, cortando-se em cipós-de-fogo, furando-se nos espinhos das touceiras de ora-pro-nóbis, evitando pessoas e rotas movimentadas, acabaram encontrando uma das tantas igrejas abandonadas, esquecidas e quase em ruínas, erguida pelos jesuítas quando ocuparam aquelas terras. Resolveram se estabelecer naquele lugar, pois, depois de dias de fuga, já rareava a comida e o fôlego.

Além disso, a ruína era isolada e segura, com teto e paredes ainda firmes, local perfeito para se protegerem dos homens, da chuva e dos bichos. O local não via missa fazia décadas e cheirava a túmulo molhado, mas era solo santo. Acácia achava que morar em local consagrado poderia ajudar a filha em suas crises, que aquilo haveria de aproximar a menina de Deus e certamente poria fim àquela expiação eterna de sofrimento em vida.

Quem sabe, ao fim, permanecer ali, longe de todos, não faria Maculata ser normal como nunca fora? Quem sabe não poderiam, depois da normalidade, voltar à vila algum dia, ou a outra vila próxima, e serem finalmente felizes?

Durante semanas, as duas trabalharam para transformar as ruínas em um lar, local que pudesse abrigar em segurança a loucura de Maculata. Com o povo distante, nenhum instinto assassino haveria de surgir e, depois de alguns anos, haveria esperança. Maculata acabaria esquecendo aquelas vontades malignas, e tudo isso se deveria a Deus — acreditava Acácia. Que os revoltados ficassem longe, incapazes de aceitar e entender as limitações de ordem moral que a filha tinha. Ali, haveriam de se dedicar à costura de sempre, produzir pequenas peças para serem vendidas nas cidades próximas, onde a fama de Maculata não fosse conhecida. Ou a peregrinos, ou a viajantes, ou a qualquer um que passasse pela grande estrada do sul, distante pouco mais de cinco quilômetros dali. Aproveitando as paredes que ainda estavam de pé, fizeram uma pequena sala, bem ao lado do antigo cemitério de lápides derrubadas; um quarto dividido pelas duas, que se projetava por parte da antiga nave da igreja; uma cozinha, onde havia sido o altar; e, do lado contrário, um banheiro.

Seguiram assim, sobrevivendo, costurando sem fim, pois outra coisa não havia que fazer ali. Acácia via a filha curada, sem o mutismo dos primeiros anos nem a vontade de matar, repentina, de tempos mais recentes. Mas ainda se questionava: como Maculata agiria se chegasse um estranho àquele mundo particular que começavam a erguer ali? A menina agiria da mesma forma, buscando qualquer maneira de matar?

Com o pouco material trazido na fuga, as duas fizeram peças simples, que foram prontamente vendidas nas beiras da estrada do sul. Do pequeno lucro obtido, Acácia foi à vila mais próxima, rosto escondido sob lenço fortemente amarrado, e comprou outros poucos panos e linhas para dar prosseguimento à produção que não podia interromper. Em pouco tempo, de trabalho em trabalho, de venda em venda, tinham o básico para seguir costurando e comendo, uma vida monótona que, ao menos, era bastante protegida. Até aquela noite.

A lua cheia entrava pelos enormes buracos nas paredes, onde antes havia vitrais que retratavam a via-sacra. A noite era clara como dia. Estavam ambas costurando e se divertindo em seus afazeres, Acácia contando histórias engraçadas de sua infância enquanto forçavam as vistas à luz das velas que tremeluziam.

Acácia se deu conta da felicidade.

Maculata estava cada vez mais falante e alegre. Fazia planos de uma vida plena e feliz, como deviam ser os sonhos de toda jovem garota da ilha.

Repleta de alegria pela cura da filha, que certamente também se devia ao isolamento e ao solo santo, Acácia pediu à menina uma tesoura:

— Claro. Onde está?

— Do teu lado, no banco.

— Não tem nada aqui...

— Olha melhor — ainda pôde dizer a mãe antes de sentir o golpe seco que fez o pescoço arder como se prestes a explodir.

No mesmo instante, Acácia sentiu o cheiro acre do sangue que pairava por tudo. Sentiu também o líquido vermelho que escorria lentamente pela boca e pelas narinas, pingando na costura incompleta que repousava em seu colo. Logo o sangue passou a jorrar pelo pescoço aberto em pavoroso rasgo, como uma segunda boca de morte. A sala, surgida na sacristia transformada em casa, fruto do trabalho árduo das duas, se banhava do líquido viscoso e vermelho que a tudo marcava.

— Não tá aqui, mãe — disse Maculata, levantando os olhos e dando com a mãe esvaída, quase degolada, garganta partida em golpes seguidos e desavisados da lâmina.

Enquanto via a mãe afogar-se em sangue, tentando respirar pelos vários buracos na gorja, Maculata buscava entender como a tesoura havia parado em suas mãos, o metal coberto do sangue da mãe que convulsionava ao lado.

Enquanto morria, Acácia ainda buscava se convencer — *ela está curada, não pode ser, o solo santo vai ajudar*. Ao mesmo tempo, tentava perguntar à filha o porquê daquilo, mas de sua boca, dos furos no pescoço, só saía um barulho horrendo, sucessão de grunhidos de um afogado.

Depois de poucos segundos, o som foi perdendo a força, foi sumindo, e Acácia morreu, queixo encostado no peito, feridas escondidas pela vermelhidão de onde ainda escorria, cada vez mais lento, restos de seu sangue.

Agora, Maculata se revezava entre observar a cena da mãe morrendo e a costura que repousava em seu colo, sem entender nada do que acontecia ao redor. Confusa, calada, pousou a tesoura ensanguentada no banco, onde a havia pegado mais cedo, e seguiu bordando uma bela blusa que logo em breve seria vendida na vila mais próxima, onde Maculata pretendia morar.

Recife, 05 de março de 2017

DITA SUA VONTADE, FEITA SERÁ

Sentado na pedra alta, tranquilo, em segurança, vigio o mar.

Também aproveito para observar tudo que acontece na praia, o movimento das marés, exatamente como acontece faz milênios, desde que a terra se formou e a praia nasceu.

O movimento das ondas é simples e lindo. Quando a maré está baixa, são ondas fracas que vêm morrer na areia. Olhando assim, ninguém é capaz de crer que este local pode ser tão perigoso.

Porque, depois de algum tempo, quando a maré cresce, a água aumenta e faz surgir muitas outras ondas, mais fortes, que ultrapassam a areia em velocidade incrível e batem no paredão de pedras que cerca a praia. A água vem com muita força, remexendo o fundo do mar, ficando turva.

Do impacto nas pedras, o mar se inquieta, se transforma em redemoinho infernal, sem rumo, que acaba lambendo o paredão até avançar, destemido, pelo único caminho que dá acesso à praia, varrendo tudo à frente: plantas, animais, objetos e, principalmente, homens, enfiando tudo em seu bucho de fome insaciável.

Quando isso acontece, fico pensando como deve ser grande lá embaixo, no fundo, na direção do desconhecido, eis a gula do mar.

Muitos já morreram nesta praia, pobres desavisados que mal perceberam o mar ganhar fôlego, tomando tudo para si.

Saudando o velho oceano, sentado na minha pedra de sempre, penso em como é engraçado que o chamem de traiçoeiro. Traiçoeiro é o homem, que escolhe o agir podendo escolher o não agir. O homem é víbora em que não se deve confiar, dono da arte monstruosa de dissimular.

O mar? Não... O mar não é traiçoeiro.

O mar é imensidão azul sobre o corpo da terra, sempre igual a si mesmo, força absoluta que não aceita regras ou imposições.

"Dita sua vontade, feita será", dizia meu pai acerca do mar.

Esta praia, por exemplo, sempre esteve aqui, assim como as águas que a acarinham. Todos na vila conhecem seus caprichos, contos de afogamento relatados desde antes de aprendermos a andar. Mesmo assim, basta a morte de um incauto para que acusem o mar de traiçoeiro, justamente o único que nunca dissimulou nada, sempre puro em sua intenção de afogar.

Chama-se Praia dos Mortos.

Aqui morreu Odone, em 1923, rapaz que sobreviveu à guerra, às bombas de gás mostarda, somente para morrer enquanto chorava o amor terminado. Ficou sentado em mágoas e tristezas na areia fria, de noite, bem diante de onde água e pedra se chocam. Foi rapidamente capturado pelo mar e nem lutou, imobilizado que estava pela tristeza. Depois de ser jogado diversas vezes contra a parede rochosa que o maltratou muito, afogou rápido. No fim da morte, ficou preso às pedras e, mesmo irreconhecível, pôde ser enterrado no cemitério da vila.

Diferentemente de Margarida, que morreu em 1948, filha caçula do açougueiro Joás, menina pequena que fez travessura e saiu de casa sem avisar — e veio brincar justo na praia. Fazia castelo de areia, distraída, quando as ondas a engoliram como se engole um doce. Do corpo da menina, nunca se teve notícias. Somente os rastros de sua presença na praia deram dicas de seu sofrimento; brinquedos tristemente espalhados na vazante, e nunca mais sinal da dona.

Aqui também morreu Atílio, em 1971, velho pescador que observava o mar. Estava na estrada da praia, aparentemente em segurança, deslumbrado com as ondas que chegavam fortes, suas companheiras de sempre, e acabou confiando demais na possibilidade de pôr-se seguro a qualquer momento. Contrariando sua confiança, não teve forças para correr quando a água surgiu à sua frente querendo tudo para si. Atílio havia sido forte na juventude, mas agora não passava de um velho tolo que sentia saudades do mar. No primeiro impacto, Atílio caiu e foi puxado para a imensidão de águas turvas. Apesar dos esforços, não conseguiu se levantar, e então outras ondas vieram e voltaram e puxaram-no cada vez mais para o fundo. Atílio afogou demorado, velho corajoso que lutou bravamente, mas acabou morto, boiando na beira do porto, cabeça em derradeiro mergulho, como um último carinho dedicado ao mar.

E dentre estes e tantos outros — e foram muitos —, estou aqui, sentando em minha pedra, refletindo acerca da brevidade da vida e da fortaleza da água.

Foi em 1978 que morri.

Numa noite de lua, resolvemos festejar na praia. Fizemos uma fogueira com restos secos de velhos barcos, assamos uma carne barata e bebemos muito. Confesso que bebi além da conta, mas a maré estava seca, tão distante, então qual era o problema?

Nos divertíamos, gritávamos e cantávamos, algazarra enorme, e no meio de nossa alegria não percebemos a água turva chegar, silenciosa como a morte, escondida pelo sumidouro de nosso barulho. Na primeira onda, que nos molhou as pernas, todos correram em disparada de forma caótica.

O medo de se afogar era gigantesco; as histórias das mortes de descuidados povoavam nossa infância, as mães que preferiam filho traumatizado a filho afogado, e assim partiram todos em busca de segurança, menos eu.

Eu, furtado da realidade, imerso no mundo feliz dos ébrios, caí de mau jeito e desacordei. Escondido pelo breu da noite, fogueira afogada, já sem brasas, não fui visto por meus companheiros que disparavam em velocidade. Quando deram por minha falta, muito depois do susto da chegada das águas, já nem havia mais eu. Já na segunda onda, fui levado e envolvido de forma impiedosa pela maré armada de fome. Virei comida de peixe, como dizem dos que somem no mar. Reconheço que não sofri, tão bêbado estava. De todos os sentimentos que poderiam advir de minha morte, sinto por meus pais, pois a tristeza da minha perda foi um pranto infindável. Era filho único, vejam bem, de pais carinhosos que sempre viveram por minha felicidade — e que acabaram possuídos pela miséria humana depois que sumi.

Não houve mais vida ou alegria na casa de minha infância. Os dias eram preenchidos com infindáveis elucubrações acerca do meu fim, especulações sobre meu corpo, na infindável história de afogado que nos pertencia, como tantas outras histórias que percorriam a vila. Minha mãe não quis me dar enterro, mesmo que de caixão vazio, conformada com o túmulo de água em que repousei.

Meus pais morreram faz anos — acompanhei tudo. Achei que poderia encontrá-los aqui, mas não aconteceu, e assumo que desejei por demais, para que pudesse contar-lhes sobre minha morte e sobre meu não sofrimento, para que pudesse contar-lhes que nunca deixei de pensar neles.

Não sei por que persisto aqui, fantasma preso a esta praia, névoa sempre esfumaçada, igual às águas do mar depois de passarem pelas reentrâncias da pedra. Só sei estar sentado eternamente nesta rocha cativa, como se ainda precisasse estar seguro ou como se precisasse vigiar o mar, vigília eterna que cansa.

Todos os demais já partiram, não sei para onde, mas eu persisto.

Sem saber a razão, persisto, e talvez nem exista necessidade de haver razão. Afinal, a vontade do mar já existe. E dita sua vontade, feita será.

Belém, 14 de junho de 2017

TRISTE VINGANÇA

Barreiras, 24 de abril de 2010, por volta de três da manhã.

Faço esta confissão porque não tenho mais alternativas. Quem puder ler este relato e se comover com meu sofrimento, peço que reze por minha alma, que me perdoe e que requeira minha libertação. Caso contrário, estou fadado a seguir vivendo este inferno em vida.

Barreiras era uma cidade perdida no interior da Bahia, local calmo e tranquilo onde reinava uma inexplicável e inabalável harmonia. Cheia de campos abertos, de rio e de segurança, Barreiras era o lugar perfeito para uma criança crescer — e eu dei sorte de ter nascido e crescido ali.

Na época em que eu era criança, perto de meus oito anos, a população da cidade era predominantemente parda, um estranho eufemismo que, de fato, significava sermos quase todos pretos.

Na vizinhança de minha casa, nos mercados, pelas ruas e festas, todos éramos pretos convivendo com pouquíssimos brancos, quase todos em lugar de destaque. O prefeito não era preto, nunca era, o médico não era preto, e, apesar de muito professores o serem, a diretora também nunca era preta.

Isso pouco nos abalava, pois talvez entendêssemos como algo natural, parte da concretude de nossa existência, fato que nos encarava desde que a cidade havia sido fundada. Acontece que, em determinada época, sermos pretos virou um problema visível, pois a cidade foi invadida por uma horda de pessoas vindas do Sul e do Centro-Oeste, todos interessados em investir no agronegócio que despontava no cerrado.

O objetivo era transformar a "Capital do Oeste Baiano" na nova "Capital da Soja". O interior da Bahia faria diferença na balança comercial, eles diziam. Esses forasteiros geralmente eram pessoas muito brancas, de olhos claros e cabelos loiros — o que logo criou uma divisão até então impensável na cidade.

Muitas das lojas populares onde íamos comprar chita e fazendas baratas para costurar vestidos e camisas, localizadas em boas ruas do centro, foram sendo substituídas por elegantes butiques com ar-condicionado e fachadas luxuosíssimas, cheias de produtos importados com preços exorbitantes, onde jamais seríamos bem-vindos.

Nos arredores da cidade, alguns dos grandes empreendimentos ergueram, num piscar, clubes com piscinas e brinquedos aquáticos — impressionantes tobogãs — repletos de serviços modernos, onde somente entravam brancos.

E, para garantir que não houvesse qualquer mistura danosa, não se mediu esforços para que uma escola fosse erguida em tempo recorde, matrícula exclusiva para filho dos trabalhadores mais graduados das fazendas, que agora se espalhavam a perder de vista.

A única coisa que os sojeiros não conseguiram desdobrar com facilidade foi moradia adequada para todos os recém--chegados. Fazer casas decentes era muito mais complicado do que pegar um barracão e construir salas de aula, ou cavar um buraco, encher d'água e, ao redor, servir caipirinhas.

Fazer casas decentes para aquelas pessoas era algo que demandava tempo e planejamento, além de bons terrenos e toda uma série de serviços e infraestrutura que não surgiriam do dia para a noite. Assim, na espécie de *apartheid* em que vivíamos, também houve uma mistura sem precedentes, em convívio totalmente indesejável.

Corretores de imóveis cheios de grana passaram a percorrer a cidade buscando alugar as casas mais arrumadinhas, que deviam ser desocupadas imediatamente para reforma e, depois, mudança imediata dos sulistas.

Foi assim que, bem em frente à nossa casa, um bonito e grande bangalô onde morava o sr. Espíndola, um velho professor aposentado, foi alugado. Após sua rápida saída, o local foi pintado e revisto por engenheiros e arquiteto para, ao fim de poucos dias, estar ocupado por uma família de pessoas tão brancas que, em comparação às nossas peles, parecíamos de mundos distintos.

O pai, seu Antúlio, era engenheiro e administrador de uma das maiores fazendas de soja e parecia gostar de estar ali, vivendo aquela oportunidade única de desbravar terras, ganhar confiança do patrão e ainda fazer um belo pé-de-meia. Ele passava o dia inteiro nos campos fazendo algo que nunca entendi bem, e por isso nunca chegamos a ter problemas com ele.

A mãe, dona Caládia, era uma mulher muito bonita, estranhamente alta e magra, apesar de ostentar uma enorme barriga de quase parir. Ela vivia em casa, com um copo na mão — nunca soubemos de quê —, dando ordem aos muitos trabalhadores domésticos que orbitavam seus gritos, pessoas pretas como nós, que buscavam deixar a casa minimamente aceitável para os critérios da mulher. Ela era extremamente arrogante com todos, sem exceção, como se viver em Barreiras fosse verdadeira punição por crime hediondo.

E havia Roberto, único filho deles até então, que tinha quase nossa idade e que adorava a liberdade que Barreiras proporcionava. Na juventude de seus preconceitos, mal reparava a diferença de cor de nossas peles. Para ele, eu e os outros éramos somente isso: amigos com quem ele podia brincar e contar, e se divertir a tarde toda naquela cidade para onde fora obrigado a se mudar.

Mas, mesmo que Roberto fosse assim, ainda intocado em sua inocência, brincar com ele era sempre um momento de extrema angústia para nós.

Acontece que, dentre as poucas ocupações de dona Caládia, uma em especial era religiosamente cumprida: mal Roberto saía à rua para nos encontrar e já se postava a mulher na janela, o indefectível copo nas mãos, nos atingindo com olhares repletos de raiva, como se nós, crianças pretas, fôssemos capazes de a qualquer momento cometer um gesto de ferocidade ou violência que certamente exterminaria aquele frágil menino branco. Aquele olhar raivoso, quase sempre mal camuflado por trás das cortinas, persistia mesmo que nós, as crianças todas, só ríssemos e nos divertíssemos entre nossas muitas brincadeiras de infância.

Era evidente que dona Caládia não aceitava que o filho brincasse com "aqueles pretinhos", como nos chamava quase sempre em sussurros, para que nossos pais não ouvissem.

E, apesar disso, nós brincávamos. Era o dia inteirinho correndo pela vizinhança, jogando travinha no meio das ruas e apostando petecas, indo tomar banho no rio e furtando fruta nos quintais mal vigiados. Éramos felizes e, não fossem aqueles olhares dissimulados, que pioraram com o passar do tempo, poderia afirmar hoje termos tido uma infância perfeita.

Mas as coisas pioraram.

Minha mãe sempre buscou entender a situação.

Apesar de toda a carga de ódio que era diariamente despejada em nossas cabeças, mamãe tentava justificar com o fato de dona Caládia estar grávida e dizia que toda aquela raiva se devia aos hormônios que envolvem as mulheres nesses momentos.

— Isso de ter filho no bucho e de parir mexe muito com a mulher, meninos. Temos que entender esse momento e relevar. — Era o que mamãe dizia após ouvir nossas reclamações diárias, geralmente após o jantar, quando já estávamos prontinhos para dormir.

Até que um dia, lá pelo meio da tarde — nunca esqueço isso —, estávamos brincando de polícia e ladrão e, sem querer, Roberto se machucou. Ele era o último dos ladrões e foi cercado por todos os policiais. No desespero de escapar do inevitável, Roberto subiu o muro da casa de dona Sula, desajeitado. Mal ele deu cinco passos e o tombo veio. Sem conseguir se sustentar, Roberto caiu como fruta madura derrubada pelo vento.

O choque foi seco, seguido do grito de dor do menino que sangrava nas mãos e nos cotovelos, além do fino e viscoso fio de sangue que descia pela cabeça e embebia a camisa. E, antes que pudéssemos socorrê-lo, vimos dona Caládia sair

correndo de sua casa, a barriga gigantesca apontando para nós de forma acusadora. A plenos pulmões, ela bradava:
— SEU BANDO DE PRETO MALDITO! SEUS MACACOS IMUNDOS! QUE FIZERAM COM MEU FILHO? SABIA QUE IAM FERIR MEU FILHO! POLÍÍÍÍCIA! POLÍÍÍÍCIA!
Foi um horror.

Eu me lembro bem de nossas mães saindo de casa, logo em seguida aos gritos, os rostos cheios de ódio, todas elas nos recolhendo nos braços e levando para casa, para evitar que seguíssemos sendo agredidos — mas também para evitar brigar com aquela mulher grávida e nervosa, que mal olhava seu filho ferido no chão, mais preocupada em nos apontar como criminosos.

Os gritos ainda duraram alguns minutos, até que dona Caládia recolheu o filho. Pouco depois, o carro de seu Antúlio embicou na garagem e foram todos ao hospital.

O resto da tarde foi lento e penoso, aquela sensação estranha do estômago sendo retorcido por um sentimento difícil de explicar. Apesar de não termos culpa de nada, de ter sido uma infeliz falta de sorte, era quase inevitável nos sentirmos culpados diante daqueles gritos que ainda reverberavam em nossas mentes, das tantas ofensas ditas que magoavam profundo, como faca apontada que adentra sem dificuldade nas carnes de nossa honra.

Eles voltaram já perto da hora do jantar. Nós já estávamos banhados, acabando a lição de casa, quando ouvimos o barulho da caminhonete de seu Antúlio se aproximar. Curiosos para saber de nosso amigo, ficamos atentos nas janelas, escondidos pela escuridão, observando o garoto manquejando que saía do carro com dificuldade, se apoiando no pai, mas que parecia bem.

E bastou os dois entrarem para dona Caládia voltar à rua, os olhos claros parecendo brilhar na escuridão, como se estivessem em chamas, repletos de raiva.

Em atitude completamente sem sentido, a mulher se pôs bem no limite de seu terreno, como se fosse o território de seu país, e começou a xingar-nos novamente, maldizendo aquela pocilga onde tinham ido parar e esculhambando especialmente a mim, o amigo mais próximo de Roberto, que, em sua visão, certamente era o principal responsável pelo acidente.

Não sei se hoje as coisas seriam diferentes, se nossas mães teriam saído para revidar as ofensas, fosse com palavras, fosse com as mãos, principalmente porque dona Caládia estava grávida, já quase para parir. Só sei que minha mãe nos abraçou forte, como se, no meio de seus braços, fôssemos incapazes de ouvir tantas palavras baixas. E dona Caládia falou tanta coisa ruim, tanta coisa horrível — e das piores lembranças que tenho desse período está minha mãe chorando muito, tapando meus ouvidos, fazendo um esforço tremendo para não revidar aquela injusta agressão.

Por muito tempo me questionei se seria capaz de me magoar mais do que naquele dia. Ver minha mãe chorar, humilhada, sem poder fazer nada, e ouvir o que foi dito de mim. Dona Caládia só se calou quando seu marido, também cansado da gritaria, foi falar com ela e, quase aos berros, mandou que entrasse.

E foi sorte que tenha feito isso, pois meu pai chegou pouco depois e, ao saber de tudo, quis ir lá brigar, tirar satisfação, mas do que adiantava?

***

Passado aquele terrível dia, Roberto nunca mais brincou conosco.

Dali em diante, os únicos amigos que ele tinha em Barreiras eram outros meninos brancos com quem brincava nos diversos clubes da cidade, exclusivos para brancos, e somente lá. No resto dos dias, ficava trancado em casa, talvez sofrendo ao ouvir nossos gritos de diversão na rua.

Dona Caládia também sumiu. Primeiro, porque não precisava mais vigiar seu filho, sempre à mercê de nossa animalidade, os incivilizados que quase o mataram. Segundo, porque ela deu à luz a bebê mais linda que já vi, Bianca.

Da criança, pouco sabíamos.

Os retalhos de informação chegavam por meio de boatos desencontrados, geralmente repassados pelos pretos que trabalhavam na casa de dona Caládia — eles mesmos sem saber muito. Mas sabíamos que era uma criança grande, forte e saudável, que era a alegria da família, e só isso importava. Torcíamos para que houvesse tranquilidade naquele bangalô e que reinasse a paz geral pela vizinhança.

Só que a paz não durou.

Bastou a menina ficar mais taludinha para que as velhas paranoias de dona Caládia retornassem. Por exemplo: quando a menina saía para pegar sol, de manhã cedo, invariavelmente dona Caládia ficava na soleira da porta encarando ferozmente qualquer um da vizinhança que, por azar, aparecesse. Ela parecia olhar para todos com mais raiva ainda, como se fôssemos, cada vez mais, monstros sanguinolentos que certamente devorariam a criança.

Não demorou para que dona Caládia mandasse embora todos os empregados pretos a seu serviço, substituindo-os por outros, brancos. Não houve justificativa a não ser o fato de serem pretos, talvez mancomunados com a vizinhança em algum propósito maligno. Com os novos empregados, chegou Lúcia, a babá de Bianca, mulher também vinda do Sul e tão preconceituosa quanto a patroa.

Ela parecia ter sido escolhida a dedo para as funções de nos oprimir e vexar. Era verdadeira espécie de cão de guarda, capaz de proteger a criança de nossa pretensa ferocidade. Lúcia tinha estatura mediana, mas um corpanzil avantajado e assustador, bem capaz de quebrar nossas caras com um mísero soco, se assim quisesse (e não duvido que quisesse).

Ela rondava a menina dia e noite de forma estranha, exatamente como um sabujo faz procurando a presa. E, assim como ficou limitada a circulação de Roberto, os passeios de Bianca também foram ficando cada vez mais restritos, a ponto de ela jamais sair da área do jardim, onde agora despontava uma grade altíssima, cheia de lanças pontiagudas.

Adotando a política de não enfrentamento de minha mãe, nós fomos engolindo aquelas discretas ofensas. O tempo passou e as coisas se encaixaram, igual um terreno revolvido se sedimenta após terrível terremoto. Passamos a viver cada qual em seu canto, em uma aparente paz que mal reinava naquele bairro para sempre abalado pela raiva e pelo preconceito.

Quando a desgraça aconteceu, lembro bem, era agosto de 1990.

Naquele dia, meu pai nos levou para conhecer a Cachoeira do Redondo, próxima da cidade de Luís Eduardo Magalhães, lugar belíssimo de que ele sempre ouvira falar, sem jamais ter ido, apesar de ter nascido na região. Saímos bem cedo, junto do sol nascente, para conseguir aproveitar ao máximo o local.

Estranho como momentos absolutamente fantásticos, repletos de felicidade, podem anteceder outros de inteira tristeza e miséria humana.

Só sei que, naquele dia, nos divertimos tanto, e fomos tão felizes, que, não fosse o ocorrido, a ida à Cachoeira do Redondo ficaria gravada eternamente como momento perfeito de minha vida. Após nos divertirmos muito, já quase de noite, meu pai nos acomodou no carro, arrumou as bagagens e voltamos para casa.

Não sei em que momento começamos a ver o clarão assustador, que vinha justamente das bandas de nossa rua. Lembro, contudo, a reação de minha mãe, que agarrou a perna de meu pai e apertou forte sua coxa, fazendo todos os questionamentos do mundo num simples olhar silencioso. Meu pai, que também não sabia de nada, temia o mesmo, pelo que acelerou para chegarmos logo.

Quanto mais nos aproximávamos, mais evidente parecia que o incêndio era na nossa rua ou até em nossa casa. Pela fumaça densa e negra que cobria parte da cidade, se imaginava um fogo de grandes dimensões, daqueles que levam tudo com suas línguas de chamas famintas.

Já nas proximidades de casa, dezenas de carros de reportagem e de curiosos, dezenas de viaturas de polícia e uma ambulância, barravam nossa passagem. Meu pai, calado em seu nervosismo, estacionou onde pôde e pediu que minha mãe ficasse ali conosco.

Ainda vi meu pai abrindo caminho por entre uma centena de curiosos, até que suas costas sumiram. Absorto em meu pavor, comecei a ouvir os murmúrios das pessoas ao redor, boatos entrecortados por sirenes. Dentre as frases que consegui ouvir, uma em especial me apavorou: *Parece que não conseguiram tirar a menina...*

A casa do Roberto pegara fogo.

Meu pai voltou e contou que era um incêndio tão grande, tão monstruoso, que labaredas de fumaça e fogo se misturavam em colunas imensas que varavam céu afora, como se fosse uma tétrica festa de São João. Nossa casa estava segura, assim como as demais casas ao redor, e os bombeiros faziam o trabalho de rescaldo para evitar que as chamas se alastrassem.

E foi minha mãe quem teve coragem de perguntar:

— Havia alguém na casa?

Ao que meu pai, relutante e incapaz de atinar com tanta desgraça, respondeu:

— Parece que sim, mas vamos torcer que não...

Minha mãe estava muito nervosa e tensa com seus pressentimentos. Inquieta, pediu para ver nossa casa, então deixamos o carro onde estava e fomos nos aproximando do local. Eu ainda era criança pequena, então só via pernas e braços e bundas num mar de gente que não arredava pé de ver a desgraça. Seguia minha mãe, que nos segurava firme pelos braços, e ela seguia meu pai, que ia abrindo caminho. Repentinamente chegamos a uma grande clareira, área isolada pelas autoridades onde só entravam moradores da casa atingida e das casas próximas.

Hoje, penso que não queria ter visto os bombeiros que ainda lutavam para salvar algo, as mangueiras quase sem pressão cuspindo minguados jatos d'água em direção à casa de Roberto, o fogo que, apesar de tudo, cedia, mas somente porque não havia mais o que ser consumido em sua gula.

No jardim, alumiada pela luz avermelhada das chamas, como se tivesse saído do próprio inferno, consegui ver Lúcia, a cã de guarda de Bianca, que chorava desesperada querendo se jogar nas chamas, gritando como uma alucinada, precisando ser contida por diversos policiais.

Minha mãe não aguentou ver aquilo. Nós, pequenos, também intuíamos o pior. Sabendo que nossa casa estava segura, que as chamas iniciavam a diminuir, ela rogou a meu pai que voltássemos ao carro e que fôssemos à casa de algum parente pedir abrigo até que dissessem ser seguro voltar para a nossa.

E assim fizemos, fomos voltando, abrindo caminho no sentido contrário, por entre aquela gente curiosa que, em conjunto, chorava e lamentava a desgraça, quando, já quase chegando ao nosso carro, demos de cara com a família que tinha saído rapidinho para resolver algo e retornava agora, infelizmente dilacerada.

Seu Antúlio vinha na frente, empurrando a todos sem pedir desculpas, hipnotizado pelo clarão à frente, os olhos repletos de medo. Atrás dele, praticamente puxada, vinha dona Caládia, murmurando seguidos nãos enquanto balançava a cabeça de forma quase inumana. Por fim, seguia meu ex-amigo Roberto, chorando compulsivamente, também puxado pelo pai a quase nem tocar no chão.

Por onde passavam, a multidão abria caminho como se fosse uma estranha cerimônia fúnebre. Por todos os lados, ao vê-los, as pessoas choravam mais, sem conseguir atinar com tamanha dor. Minha mãe entrou no carro, mas no banco de trás, conosco, e nos abraçou ternamente, e forte, como se a perda de um filho fosse a perda de todos os filhos do mundo. Ela precisava dar aquele abraço demorado para saber que es-

TRISTE VINGANÇA

távamos bem, e assim fomos até a casa de um parente de meu pai, onde passamos a noite.

No dia seguinte, soubemos dos detalhes.

A menina tão branca e loira, dos olhos azuis preciosos, ficara em casa com a babá enquanto a família foi resolver um problema qualquer. Lúcia, extenuada do trabalho diário, fez a menina dormir, colocou-a no berço e botou a panela no fogo para esterilizar mamadeiras e outros objetos da criança. Depois, deitou no sofá para ver as horas passarem e acabou dormindo. Acordou não sabia quanto tempo depois ao sentir o forte cheiro de fumaça e o calor que já desejava suas carnes. Desesperada, viu a cozinha em chamas, assim como parte da escada que levava ao segundo andar, onde Bianca dormia. Em pânico, sem saber o que fazer, Lúcia saiu da casa e pediu socorro. Foi atendida prontamente por solícitos vizinhos, que, apesar da boa vontade, também não sabiam como proceder. O fogo aumentava e já tomava quase todo o segundo andar. Foi quando todos ouviram, por entre o crepitar da casa queimando, o berro da menina presa em seu quarto, já sendo cozinhada lentamente pelo calor das chamas. Lúcia precisou ser contida por vários homens, caso contrário teria entrado na casa, enfrentado o fogo e morrido junto de Bianca, agora calada, menina transformada em fumaça a se misturar com a noite.

A morte chegou terrível para aquela família.

Só no meio da manhã de domingo os bombeiros conseguiram encontrar o corpo carbonizado da menina. Ali, não havia nada a ser reconhecido, nem marcas, nem arcada dentária, nem cabelos ou roupas. O corpo de Bianca era um emaranhado de fibras de carne retorcidas, queimadas, um bolo de carvão tão disforme que mal se poderia dizer já ter sido um corpo humano.

Em toda a minha vida, e lá se vão muitos anos, nunca vi alguém sofrer como dona Caládia sofreu diante da morte da filha. Nos dias que se seguiram à desgraça, nos poucos momentos em que a vi de relance, cheguei à conclusão de que, em verdade, dona Caládia não chorava. Aquilo mais me parecia um uivo horrendo de animal desconhecido, ferido mortalmente pela dor, e durante anos ainda guardei aquele barulho na memória, mesmo que inconscientemente. Como uma maldição, o choro de dona Caládia sempre me retornava aos ouvidos nas noites mais silenciosas, som aproveitador que, ao perceber minha mente vazia, se esgueirava para dominá-la de forma cruel, ainda mais depois do que eu fiz...

Devido à comoção geral, o prefeito achou melhor realizar o velório de Bianca no Estádio Municipal de Barreiras. Eram esperadas pessoas de todos os lugares das redondezas, além de muitos sojeiros amigos de seu Antúlio e muitos trabalhadores. Com o corpo naquele estado, o caixão teve que ser lacrado. Havia um espaço perto do corpo, reservado aos familiares e a pessoas próximas. A fila para cumprimentar a família dobrava o quarteirão e, dentro do prédio, era organizada por soldados da polícia.

Eu também estava lá, no meio da multidão, esperando minha vez para dar as condolências. Contudo, achava revoltante que meus pais me obrigassem àquilo, ainda mais depois de tudo que dona Caládia havia feito. Eu sentia pena de Bianca, é claro, sentia vontade de chorar ao lembrar a morte horrível que teve, mas de forma alguma queria ter que falar com dona Caládia. Apesar de tudo, minha mãe foi taxativa:

— Não há nada mais importante do que um filho. Essa mulher está devastada, jamais vai voltar a ser quem era. Apesar de tudo, nós vamos lá mostrar que pensamos nela.

E acho que foi ali, depois dessa explicação de minha mãe, que a ideia surgiu em minha cabeça. Maldita hora.

A fila dos cumprimentos era enorme, uma multidão de curiosos mais interessados em ver o sofrimento alheio do que verdadeiramente expressar empatia. Ao fim da fila gigantesca estavam seu Antúlio, Roberto e dona Caládia, ciceroneados pelo prefeito de Barreiras e pelo patrão. Deitada ao lado deles, lacrada num caixão branquinho, jazia aquela que havia sido parte da família, a menina perfeita representada por uma foto colocada ao lado, mostrando uma Bianca sorridente que já era memória.

Nossa vez foi chegando e eu não conseguia tirar os olhos daquela mulher apática, parecia que desligada da realidade e já sem lágrimas, que cumprimentava todos sem entender bem o que se passava.

Em minha mente, fui revivendo todos os xingamentos e ofensas, as grosserias e os absurdos que me foram ditos, e a lembrança de minha mãe chorando enquanto tapava meus ouvidos para não escutar mais barbaridades, e esses pensamentos foram se intensificando enquanto íamos chegando mais e mais perto.

A raiva foi me dominando de forma absoluta.

Depois de poucos minutos, estávamos diante de nossos antigos vizinhos, agora em convivência pacífica, como se unidos pela dor. Minha mãe foi a primeira a falar, depois meu pai e, por fim, eu, um a um, falando primeiro com o pai de Bianca, depois com Roberto e então com dona Caládia. Ali já não cabia falar nada além das formalidades de praxe, os "meus sentimentos", "meus pêsames" ou "sinto muito", as frases que minha mãe tinha me ensinado pouco antes. E foi isso que dissemos, até que, enfim, me vi diante de dona Caládia, o último cumprimento.

Eu poderia ter seguido adiante.

Poderia ter me limitado às frases treinadas e repetido o que meus pais falaram, mas tudo foi mais forte do que eu.

Defronte dela, apertei sua mão e, sem raciocinar, a puxei de leve em direção a meu rosto, como se precisasse contar um segredo. E ela veio, quase que instintivamente, embalada pela total incapacidade de raciocínio.

Com ela já bem perto de mim, de onde poderia facilmente me ouvir, usando todo o peso do meu ódio, falei baixinho:

— Dona Caládia, qual a sensação de ter uma filha preta, torrada, igual a mim?

Eu terminei de matar aquela mulher.

Naquele dia, naquela hora, joguei a última pá de terra na mulher que já deitara em uma cova imaginária e somente vivia por força de hábito. Mesmo que ela ainda vivesse cem anos após aquele dia, minha demonstração de crueldade jamais permitiria que voltasse à vida — e, por isso, hoje eu pago com minha sanidade.

Ninguém entendeu quando dona Caládia desabou no chão, os joelhos em baque tremendo com o solo, o retorno do choro sentido e profundo, farto, nos uivos de dor que paralisaram o fluxo de curiosos que se apertavam nas filas do Estádio Municipal de Barreiras.

Também sem entender nada, mas intuindo meu ato, minha mãe somente me olhou feio e tratou de me tirar dali, apavorada com o rumo que as coisas podiam tomar caso dona Caládia falasse algo.
Mas ela não falou.
Nem naquele momento, nem depois.
Minha punição veio da forma mais terrível.

Mal Bianca foi enterrada, a família deixou a cidade e poucas notícias tivemos deles dali em diante. Dizem que voltaram para o Sul e que, logo depois, dona Caládia se separou de seu Antúlio. Dizem também que se isolou no meio do nada e vive tal qual eremita em uma cabana sem vizinhos, longe de todos e de tudo. Não fala com ninguém e vive de uma pequena horta que mantém sozinha. Talvez esteja buscando, em vida, acompanhar a filha em morte. Ou talvez se sinta culpada pela morte de Bianca, como se fosse uma espécie de cobrança divina por suas tantas maldades.

Somente pai e filho ainda buscavam seguir em aparente normalidade, tocando a vida como podiam, buscando esquecer a tragédia que provavelmente nunca os deixaria.

De minha parte, nunca contei à minha mãe o que falei àquela mulher no dia do velório. Passados mais de vinte anos, ela também nunca me perguntou, provavelmente certa de que se decepcionaria comigo. Hoje, vejo que ter confessado meu pecado talvez pudesse me livrar do martírio. Então estou para confessar, contando esta história pela primeira vez, pois é o que me resta tentar.
Entendam...

Não sou uma pessoa ruim, muito pelo contrário. Sei que errei, que fiz uma grande besteira e fui cruel ao extremo, que pisei fundo na alma daquela mulher já destruída. Eu viveria com minha culpa, remoendo meu arrependimento de forma constante, mas, faz quase quatro anos, minha sobrinha nasceu.

À medida que Alice crescia, cresceu também seu medo desmedido do escuro. Desde bebezinha, nunca entendemos o pavor específico que a escuridão lhe causava. Ela sempre foi uma criança extremamente protegida de qualquer brincadeira que pudesse explicar o pânico, nunca viveu situações que justificassem aquilo, mas o medo estava lá.

Também não tínhamos explicação para o estranho fascínio que Alice sentia por velas, como se a simples presença da frágil flama bruxuleante e o monótono derretimento da cera fossem seu maior divertimento. Alice era capaz de ficar horas distraída observando uma vela se desfazer lentamente.

Perto dos dois anos de idade, ela começou a falar. No meio de seus tatibitates, buscou nos explicar que tinha uma amiga invisível, ou que convivia com uma presença não tão agradável, uma criança chamada Bibi, que é muito feia e só aparece à noite, e era essa a razão de tanto amedrontamento. Alice explicou também que era Bibi quem gostava de velas, e, por ela, Alice se via como se forçada à observação, como forma de partilhar com a amiga imaginária esse pequeno prazer.

Preocupados, levamos Alice a uma psicóloga infantil extremamente bem recomendada, que tinha larga experiência com casos semelhantes. Após algumas sessões, a única explicação que nos deu foi que Alice tinha uma imaginação muito fértil. De nossa parte, deveríamos somente observar e tentar pontuar, sempre que possível, os limites entre realidade e fantasia.

Os anos se passaram e a estranha convivência com a amiga invisível meio que virou parte do nosso cotidiano, mas, semana passada, tudo mudou.

Estávamos na sala, esperando o jornal começar, quando Alice passou a conversar com sua amiga invisível de forma intensa, sem qualquer vergonha, na nossa frente, como poucas vezes vimos. Geralmente as pretensas conversas aconteciam em locais escondidos e só éramos informados dos resultados. Daquela vez foi diferente.

Calados, observávamos, até que depois de algum tempo Alice se levantou e anunciou:

— Não fica mais *nevosos*. A Bibi disse que não vai mais *bincá* comigo.

— Ah, é? Que bom — dissemos todos, pensando em comemorar o fato, que certamente significaria um salto de crescimento de nossa pequena. Mas, antes que pudéssemos comemorar, Alice emendou:

— Ela disse que *agola qué bincá* com você, titio. — Seu dedo rijo apontava em minha direção.

Espero que esta confissão funcione, pois estou à beira de desistir, tão grande é o pesadelo em que vivo.

Todas as noites, quando fecho meus olhos, Bibi aparece, surgida de qualquer canto escuro onde antes não havia nada. É a pequena Bianca de minha infância, filha da dona Caládia que magoei, criança completamente queimada, corpo virado cinzas e a pele derretida, tal qual o dia em que morreu. Ela questiona a razão de tanta crueldade com sua mãe, inconformada. Tentei explicar todos os malfeitos e sofrimentos infligidos, mas nada funciona. Ou ela não entende ou não quer entender. Só sei que não consigo mais viver com o cheiro nauseante de carne queimada que invade minhas narinas e só eu sinto. Não consigo pregar os olhos com a menina queimada e suas gorduras derretidas escorrendo sem fim, parada ao lado da minha cama enquanto me encara e me questiona, dizendo que quer brincar comigo.

Já chorei e me desesperei, já busquei rezar e fui a todos os cultos e credos, mas ninguém parece capaz de me ajudar. Escrever é minha última tentativa, minha expiação pública, pela qual me ofereço em sacrifício a quem quiser me punir, desde que vivo.

Depois de semanas sem dormir, creio que não terei mais forças para continuar. Esta é minha última chance, confissão que faço em curtas palavras mal escritas, pensamento que mal consigo concatenar, importunado pelo fantasma que não para de falar. Bianca, que cheira a morte e que incessantemente pede para brincar.

Belém, 12 de janeiro de 2021

DOIS ANJOS

Emiliano teve um sonho estranho.
No meio da noite quente e quieta da vila de Monsarás, ele sonhou com dois anjos. Um era doce e sorridente, tinha o sorriso bondoso e acolhedor; o outro era carrancudo e distante, visivelmente contrariado por estar ali, sendo sonhado.

O sonho começou com o anjo carrancudo se aproximando de Emiliano e dizendo:

— Emiliano, amanhã, no dia que vai nascer, vais morrer. Será o último céu que verás.

Logo que o anjo carrancudo se afastou, foi a vez do anjo sorridente se aproximar do ouvido de Emiliano para sussurrar:

— Emiliano, não escutes o que ele te diz. Amanhã de manhã, antes do nascer do sol, acorda e imediatamente cava um buraco grande no teu quintal. Não importa o que aconteça, não importa o que te digam ou achem, pega a pá e cava sem parar.

O Carrancudo, percebendo a movimentação do cochicho, não se deu por vencido e voltou a avisar, em alto e bom som, para que todos ouvissem:

— Não sei o que ele te disse, mas não o escutes.

De longe, o Sorridente seguia gesticulando, *cava, cava*, evitando que o Carrancudo visse sua mímica. E, durante o resto do sonho, sempre que pôde, o anjo sorridente se esgueirou até Emiliano para seguir no processo de convencimento:

— *Cava, sim, Emiliano. Cava como te disse, um buraco profundo e grande no teu quintal, e não pares por nada.*

O Carrancudo percebia toda a movimentação, mas não fazia grande esforço de enfrentar o Sorridente. Apesar disso, havia um ar de contrariedade, e o sonho começou a ganhar contornos de pesadelo. Pouco antes de despertar, Emiliano ainda ouviu a voz firme do Carrancudo, que disse:

— *Não ouças o que ele te diz ou vais morrer amanhã.*

Quando Emiliano acordou, estava muito assustado. A rede, empapada de suor, fazia um abraço pegajoso e indelicado que lhe oprimia. Ainda zonzo de sono, agoniado com a imagem quase real dos seres brigando por sua razão, Emiliano se levantou e correu para a cozinha para ver se acalmava a cabeça.

Lá fora ainda reinava a mais completa escuridão, mas o canto dos pássaros, a inquietude das galinhas, demonstravam que não tardaria para amanhecer.

Enquanto coava o café, Emiliano pensava no aviso assustador que tinha recebido, provavelmente vindo diretamente do céu. Era palavra de anjo, e não pode se ignorar palavra de anjo. Mas qual dos dois ele devia ouvir, se ambos entravam em contradição, cada qual falando coisa distinta?

A esposa chegou a ver o marido sair apressado do quarto, mas achou que ele ia ao banheiro — por isso, seguiu dormindo. Foi só quando sentiu o cheio do café, que penetrou em todos os poucos cômodos da casa, que se levantou e foi atrás do homem, assustada com aquele acordar tão cedo, tão antes do que se costumava.

Encontrou Emiliano sentando no banco, cotovelo apoiado na mesa e a mão segurando a cabeça, como se sustentasse o peso de todas as incertezas da vida.
— Que foi? — perguntou enquanto beijava sua nuca.
— Eu sonhei...
— Sonhou com o quê?
— Quero contar não.
A mulher então analisou a situação, a expressão de angústia do marido. Pegou um copo e sentou-se a seu lado para também tomar café.
— Tu sabes que se for coisa ruim tens que contar. Se não contar, acontece.
— Foi maluquice, acredita.
— Maluquice ou não, me conta.
Depois de breve hesitar e de um longo gole do líquido quente, Emiliano falou, meio envergonhado:
— Sonhei que dois anjos vinham me visitar.
E fez pausa, esperando a reação da esposa, mas a mulher ficou calada, séria, sem qualquer sinal de riso, e então ele prosseguiu:
— Dois anjos me visitaram, esposa. E um deles disse que vou morrer hoje.
— Credo, Emiliano! Bate na madeira — disse ela, assustada, enquanto se benzia e batia três vezes na madeira, buscando afastar qualquer desgraça que pudesse ocorrer àquela casa.
— Acho que era anjo da morte, mulher, avisando que de hoje não passo.
— Mas deixa de besteira, homem, que foi só um sonho.
— Mas olha... mais estranho foi o que o outro anjo me disse.

— E quem era o outro anjo?
— Não sei, mas acho que queria me salvar. Anjo da guarda, talvez.
— E que ele te disse?
— Que eu devia cavar um buraco grande no quintal, e que devia começar a cavar assim que acordasse e não devia parar por nada... Mas ele falou escondido, sabe? Acho que pro anjo da morte não ouvir, como se fosse um segredo, como se isso pudesse me salvar.
— Humm...
— Que tu achas?
— Acho que foi sonho, marido. Esquece isso e vamos trabalhar, que tem muita coisa por fazer.
— Mas prefiro cavar.
— Deixa de bobagem, Emiliano! Agora vais acreditar em sonho?
— Nesse, sim... era tão real...
— Bem, não vou te dizer o que fazer. Se preferes cavar, cava. Se te sentes seguro assim, mal não faz.
— Então pronto. Hoje não roço. O dia tá com cara de chuva mesmo, então fico por aqui e vou cavando, como mandou o anjo bom, pra tentar escapar da sina dita pelo anjo da morte.

Mal surgiu o sol, Emiliano já olhava o quintal, planejando por onde começaria o buraco. O terreno era arenoso, quase sem pedras, como todas as terras por ali. E, naquele reino esquecido por Deus, não havia cano, fossa ou qualquer outra obra humana que pudesse atrapalhar a empreitada. Assim, Emiliano começou a cavar bem no meio do quintal, primeiro de forma tímida, comedida, pois não adiantava se matar logo no início da tarefa. Mas, já perto de oito da manhã, o buraco estava grande igual vontade de viver de Emiliano, que cavava no ritmo de locomotiva que busca fugir de terríveis bandoleiros. Quanto maior o buraco ficava, maior parecia a dedicação de Emiliano de cavar até a China, até ver um bando de chineses andando por seu quintal, confusos com aquele misterioso portal entre terras distantes.

Para sorte de Emiliano, aquele realmente não era dia de sol. No firmamento, reinava a cinzentude triste dos dias chuvosos, embalada por nuvens pesadas e mal-encaradas que andavam pelas alturas, ameaçadoras. Isso permitia que ele cavasse tranquilo, sabendo não se esturricar feito fruta esquecida ao sol.

Já às 9h, o buraco era enorme, bocarra que avançava veloz. Emiliano cabia quase todo dentro de sua salvação, sem se preocupar com a montanha de terra e barro que se erguia na lateral da cova, resultado do buraco largo que surgia, que agora ocupava boa parte do terreno.

Quase perto das 11 horas, Emiliano já precisava de esforço tremendo para jogar a terra por cima do buraco. E ele mal conseguia enxergar as bordas daquele verdadeiro poço de petróleo que surgia em Monsarás, tão distante daquele tipo de modernidade. Inteiramente dentro da cova, Emiliano se questionava quanto mais precisaria cavar para se salvar, quanto mais seria necessário, pois as mãos já começavam a doer, as costas já sentiam o esforço, e talvez ele não conseguisse manter o ritmo por muito mais tempo.

Foi quando a chuva começou, a ameaça feita pelas nuvens cinzentas que, finalmente, se materializava.

Primeiro, ela veio fraca, só um chuvisco, o que foi um grande alívio ao homem imparável, o suor sendo lavado de seu corpo, o cheiro do esforço indo embora, substituído pelo agradável odor de terra molhada. Depois a chuva foi ficando mais forte, empapando a terra com rapidez e fazendo lama por tudo, o que começou a dificultar o trabalho do sobrevivente desesperado.

Da janela, abrigada no calor da cozinha, preparando um relutante cozido para o almoço — que talvez nem fosse comido —, a esposa observava calada o marido cavar sem fim. Decidiu que não iria à roça também, preocupada com o homem angustiado, esburacando o quintal como se fosse um bando de tatus buscando fazer morada. Sentada num banco de madeira, debruçada no beiral, ela escutava a panela resfolegando no fogo e sentia seus odores enquanto segurava o terceiro copo de café. Ela se sentia impotente diante daquela aparente loucura.

Enquanto isso, Emiliano cavava sem parar, encharcado a ponto de ser impossível distinguir o que era lama e o que era homem; e a mulher insistindo que desse um tempo, que ao menos parasse para respirar e que comesse algo, que prepararia um pão quentinho e um café novo, e que uma breve pausa não atrapalharia a cavação, mas o homem não escutava nada enfiado no submundo da terra. Ela então desistiu, foi cuidar dos diversos afazeres da casa, que fazia algum tempo estavam em atraso, e deixou o marido lá, nas obrigações de sua loucura.

No buraco, Emiliano cavava já com água pelas canelas, a chuva que se tornava intensa, exatamente como era intensa a vontade de viver, o impulso que transformava aquele homem em touro brabo a chafurdar na lama, a pá potente tirando enorme quantidade de terra que, logo após tirada, se desfazia em lama que escorria pelas laterais da ferramenta. O pouco que sobrava na lâmina era projetado com força pela borda que ficava cada vez mais distante, lá em cima. E ainda havia a montanha que nascia ao lado da bocarra do buraco, parida da escavação incansável, que só crescia e crescia.

Não demorou para que a chuva ficasse ainda mais forte, virando tempestade de gotas que chegavam a doer chicoteando as costas do escavador. Emiliano, igual máquina dentro do buraco, indo cada vez mais fundo em seu intento, parecia não notar estar mergulhado em uma gigante e profunda poça de água barrenta, que agora lhe lambia as coxas. Estava cego, tão grande era seu desejo de alcançar o salvamento prometido pelo anjo bom, seu anjo da guarda, promessa de que seguiria vivo se cavasse um buraco sem fim.

Por isso tudo, Emiliano não percebeu quando a montanha de barro e lama na lateral do buraco começou a descer, lentamente, em desejo de voltar a ser buraco.

Escorrendo, a lama voltava de forma insistente e cada vez mais rápido, em ritmo maior do que Emiliano seria capaz de retirar. E ele lá, concentrado na tarefa dada, relembrando a fala do anjo bom, o Sorridente, e a contrariedade do anjo mal, o Carrancudo — que só podia ser a morte —, sem notar estar preso naquele buraco tão grande, espécie de armadilha bem montada de onde seria impossível sair sozinho.

Emiliano não percebia a situação, imerso nos pensamentos que rondavam sua cabeça, hipnotizado pelo som da chuva que caía mais e mais forte, maltratando e lavando sua pele suja.

Emiliano só se deu conta do perigo quando percebeu as águas que chegavam a seu umbigo. Não havia mais terra a retirar daquele buraco, que mais parecia um poço de água impura. Ele então percebeu o movimento lento da terra e fez cálculos mentais do que precisaria para sair dali, a borda tão distante lá no alto, e ainda pensou em gritar por socorro, em chamar a mulher e pedir ajuda, que trouxesse uma corda ou a escada, mas, antes de qualquer coisa, foi surpreendido pela montanha que, já sem paciência, tombou sobre ele como pavoroso lençol pronto a cobrir, definitivamente, sua existência.

Emiliano ficou logo preso na altura do peito, os olhos arregalados encarando o tanto de terra que ainda havia por cair como sentença de morte.

O barulho final, da terra cobrindo todo o buraco, foi horrendo. Emiliano nunca havia presenciado um terremoto, mas certamente era aquele o ruído exato. Em menos de um segundo, sem nem conseguir vislumbrar o movimento da natureza, não havia mais o céu cinzento, nem a chuva forte de pingos de chicote, nem barulho, nem nada.

Submerso em uma escuridão absoluta, havia somente Emiliano prisioneiro tentando segurar o pouco fôlego guardado pelo tempo que pudesse, a boca fechada que, mesmo assim, fazia conhecer o gosto da água barrenta que lembrava o gosto da água do poço de sua infância.

Emiliano foi engolido pelas profundezas que ele mesmo criou.

Enquanto tentava não respirar e não beber da lama, enquanto a terra ardia em seus olhos e preenchia seus ouvidos, enquanto a lama lentamente o sufocava, Emiliano pôde ouvir, muito de longe, abafado como se gritado por baixo de travesseiros, os berros desesperados cada vez mais distantes da esposa, despertada de suas tarefas pelo barulho assombroso, que se esgoelava em *socorro* e *alguém me ajuda*.

Com o peito ardendo, Emiliano morreu com o enlameado que rapidamente invadiu seu corpo, fazendo ardência incapaz de ser descrita. Já na semi-inconsciência do fim da vida, pôde ouvir o barulho de mãos desesperadas que cavavam a terra molhada em vão, a cova de lama de onde ele não sairia.

Rapidamente Emiliano tomou consciência de que morreria ali e se conformou diante de não haver nada a fazer. Os barulhos de fora iam se apagando junto com a chegada ligeira da inconsciência.

Enterrado vivo, Emiliano se deu conta do seu terrível engano e do quanto fora ingênuo ao desprezar o que lhe dissera o Carrancudo, esse sim, talvez, seu anjo da guarda.

Horas mais tarde, quando finalmente retiraram o cadáver de Emiliano do mar de lama em que fora sepultado, foi com surpresa e espanto que encontraram, gravado em seu rosto, um estranho olhar de extrema contrariedade.

ZEZÉ, O RATO

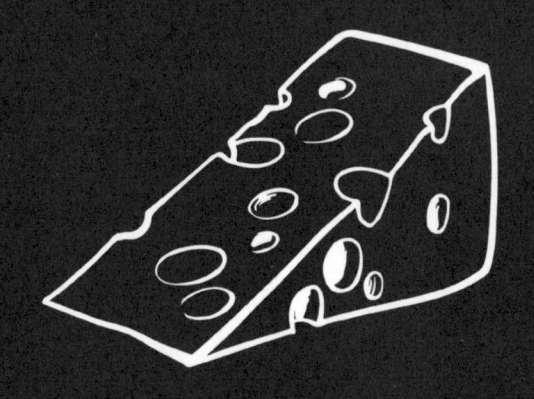

José Figueiroa Alves Freitas adorava queijo. Nem tanto adorava leite e outros derivados, mas tinha especial queda pela massa branca ou amarela, quase sempre salgada, feita do leite de vaca e de outros mamíferos, até de ratos, produto que fartava por ali, mas não era para seu bolso.

Acontece que José, vulgo Zezé, era pobre em miséria quase impossível de explicar.

Ele varria incansavelmente o chão do Salão Central, recolhendo toneladas de cabelos e piolhos, e por vezes orelhas, e para isso ganhava cem mil-réis que mal davam para pagar a pocilga do cortiço onde morava.

No cortiço, Zezé dividia o quarto com três velhas prostitutas, todas desdentadas, e, enquanto elas trabalhavam arduamente, Zezé se cobria com o lençol puído para nada ver. Para nada ouvir, Zezé cantarolava baixinho canções de sua infância e se punha a pensar nas mil variedades de queijo que existiam, e de que somente ouvia falar ou lia em páginas amassadas de jornais que os clientes largavam pelo salão. Zezé dormia e sonhava e acordava pensando em queijo, enquanto o vaivém no quarto seguia frenético.

Os barbeiros do Salão Central, por sua vez, compravam muito queijo, pois ganhavam bem e era chique comer queijo. Por vezes, os barbeiros esqueciam seus talhos de queijo na geladeira do salão, e Zezé ficava tentado a furtar pequenos nacos. Porém seria vergonhoso que descobrissem nele, justo nele, rapaz tão correto e honesto, uma espécie de ladrãozinho capaz de furtar comida, e não qualquer comida: queijo.

Esperto, Zezé criou um plano: quando o salão se esvaziasse, lá perto das 18 horas, e ele ficasse só limpando banheiros e jogando tufos de cabelo no lixo, pegaria um palito de madeira, desses de limpar dentes, e violaria as embalagens dos queijos fazendo pequenos sulcos na superfície cremosa, igual às dentadas de ratos.

Após horas de árduo trabalho, Zezé se viu satisfeito com o resultado obtido. Aquela fraude enganaria qualquer um.

No dia seguinte, foram muitas as reclamações dos barbeiros junto ao gerente. Era um absurdo que salão tão chique, no centro de Belém, no hotel mais elegante da cidade, tivesse ratos. Ainda mais iguais àqueles, tão astutos que eram capazes de abrir a porta do refrigerador e rasgar as embalagens hermeticamente lacradas. Estranhou-se que, espertos como se mostravam, os ratos não fossem capazes de levar todas as peças de queijo, se limitando a furtar pequenas bocadas, mas quem seria capaz de entender a mente dos ratos?

Tanto queijo que se perdeu naquele dia e nos próximos. Uma tristeza. Eram três ou quatro peças enormes jogadas no meio da imundície do lixo a cada manhã, ao se constatar a consumação do crime. O gerente tratou de comprar ratoeiras, de colocar veneno pelos cantos e contratar exterminadores de ratos. Até um gato foi adquirido para pôr fim à situação insustentável, mas nada dava certo.

Feliz com o sucesso de seu plano, bastava chegar a noite para que surgisse a figura de José Figueiroa Alves Freitas, vulgo Zezé, a se meter no nojo do lixo do Salão Central para buscar os queijos quase sujos, quase limpos, cobertos de cabelos diversos, que virariam ceia farta dividida com as putas da pocilga que chamava de lar.

Nunca mais faltou queijo naquele quarto, ou não teria faltado não fosse o gerente do salão, desesperado diante da ameaça de greve dos barbeiros, caso não se pusesse fim ao drama, que resolveu tomar medida drástica contra os ratos.

Sem que soubessem, o gerente envenenou os queijos ainda na geladeira, esperando assim pegar o responsável, e pegou.

Zezé não foi trabalhar no dia seguinte.

Diante do salão sujo, repleto de tufos de cabelo pelo chão, um dos barbeiros foi procurá-lo, imaginando estar doente. Encontrou os quatro mortos, as putas e Zezé, já inchando, segurando pedaços gigantescos de queijo nos dedos, esboçando últimos sorrisos de felicidade nas bocas repletas de baba, a espuma típica dos envenenados.

Belém, 08 de julho de 2017

ODE AO AFOGADO

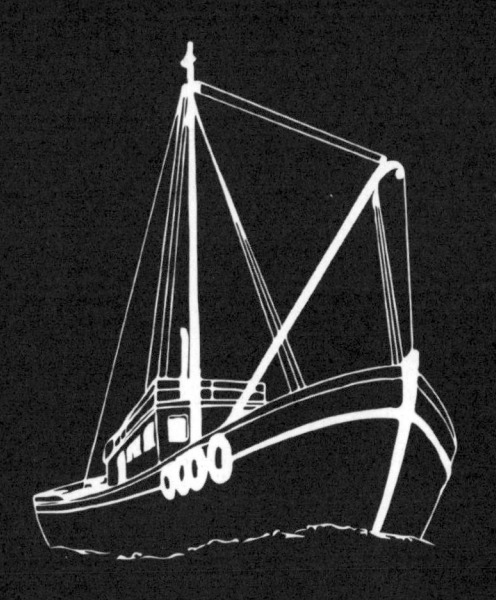

Nosso barco era pobre como nossa vida. Quem nos avistava de longe, das amuradas dos grandes navios, devia ficar totalmente incrédulo de pescarmos em barcos tão pequenos e frágeis, verdadeiras casquinhas em alto-mar, enfrentando a força das ondas como se fôssemos senhores daquelas águas.

Comandar um barco assim, ainda mais em domínios tão perigosos, exigia uma disciplina que jamais se podia imaginar. Todas as funções eram previamente definidas e não podíamos cometer erros. Eu era um dos marinheiros mais experientes, fui criança nascida quase num barco como aquele, então era comum ser designado para ficar na popa, cuidando do leme, enquanto, com a outra mão, controlava a velocidade do motor.

O motor de nosso barco se controlava com um fio ligado diretamente ao pistão da máquina, mecanismo totalmente improvisado, sem qualquer indicação de velocidade ou potência. O controle do barco dependia, então, da experiência de quem controlava o motor, que devia ser capaz de sentir, pelo barulho e pela vibração, em que ponto se estava. A depender do puxão no fio, o barco ia mais rápido, o que às vezes era essencial para que chegássemos logo nas boias que marcavam o lugar das redes. E, na folga do fio, íamos mais devagar, geralmente para trocar impressões sobre maré ou pesca com algum barqueiro conhecido que encontrássemos no horizonte.

Todos os barcos da vila de Monsarás eram iguais ao nosso, pobres, frágeis e pequenos, geralmente frutos de uma espécie de canibalismo: quando outros barcos ficavam muito velhos, pegávamos as partes menos ruins e montávamos outra canoa, que só por milagre flutuava e navegava, e que, contrariando todo o senso comum, durava por mais algumas temporadas.

Todos tinham nomes que remetiam ao divino, à nossa fé, porque por vezes a crença em um Deus superior e misericordioso zelando por nós era tudo que tínhamos. *Fé em Deus. Celeste. Rainha do Mar. Boa Esperança. Deus é Fiel. Milagre. Presente de Deus. Foi Deus quem me deu.*

Por ali e por todos os cantos, na nossa vila e nas demais, era normal encontrar quem já tivesse perdido alguém para o mar. Como os barcos não tinham colete ou boia salva-vidas, e nem havia rádio para pedir socorro, afundar quase sempre significava sentença de morte. Naquelas paragens de mar sem fim, o mínimo atraso no retorno poderia significar luto horrendo. Havia hora de partir e de regressar, tudo definido pela maré.

Não era raro vermos famílias inteiras sentadas na beira do cais quando o horário da volta passava e o barco esperado não dava as caras; pessoas caladas e apreensivas que se abrigavam do sol aos pés da grande árvore enquanto buscavam qualquer sinal do barco atrasado na paisagem.

Por vezes, depois de algumas horas de apreensão, o barco sumido ressurgia, todos bem e constrangidos pela preocupação infligida, a explicação de que o óleo tinha acabado, ou

ODE AO AFOGADO

de que o motor tinha falhado, e por isso tinham ficado à deriva até surgir ajuda. Nesses casos, ninguém se chateava, pois era mais importante abraçar os revividos e agradecer a Deus pela graça alcançada. Outras vezes, contudo, só restava o silêncio que se perpetuava por dias, o cais feito grande velório sem corpo, o barco provavelmente afundado, levando, ao fundo escuro, pescadores e esperança.

Naquele dia, quando saímos para pescar, não queria realmente sair para pescar.

Como os meninos precisavam de ajuda, e eu controlava o leme como ninguém, decidi que iria mesmo sem querer ir. Também me motivava saber que era tempo de peixe e os meninos eram excelentes pescadores, que sempre voltavam com o porão cheio. Se a pescaria fosse realmente boa, teríamos o que comer durante o resto da semana, o que era um enorme alívio. Acordamos ainda sem sol no céu, e eu intuía um dia perfeito, daqueles em que tudo dá certo e do qual nos lembraríamos por muito tempo.

Já na montaria, tudo corria bem. O motor do barco estava calibrado, o óleo era farto e as ondas estavam pequenas e fáceis de quebrar. Mesmo que não tivéssemos vela, era tranquilizador saber que o vento estava calmo e demonstrava ser nosso amigo. Fora isso, nós quatro pescávamos juntos desde pequenos, com nossos pais, depois sozinhos. Conversávamos praticamente por olhares, tal era nossa intimidade e entendimento na divisão de tarefas. Naqueles barcos tão precários, quanto menos falássemos, melhor. Não era local de confraternização, e era preciso afastar qualquer distração. Fazíamos tudo sem trocar uma palavra, cada qual ciente de seu papel. Um olhar específico, eu diminuía a velocidade. Um grunhido em especial, seguido de um gesto da cabeça, os meninos lançavam as redes.

Em dias como aquele, os homens de Monsarás preferiam não comemorar nada, ao menos enquanto ainda estavam no domínio do mar. Comemorar dia de fartura e sorte era algo que se fazia em terra, o barco já atracado aos pés da grande samaúma.

Naquele dia tão bondoso, nós seguíamos assim quando em segundos tudo mudou.

Era outubro e as águas do mar estavam invadidas pelas águas do rio, o verde-claro misturado com a água barrenta onde mal se distinguia qualquer coisa. Por conta disso havia muitos tocos e galhos enormes, espólios da guerra entre água e terra trazidos pela correnteza, verdadeiro risco às embarcações.

Eu vinha atento ao leme, preocupado em manter a mão firme, concentrando na vibração do barco para que a velocidade fosse constante. Como ainda estávamos longe de onde lançaríamos as redes, os meninos estavam no porão, enganchando anzóis, iscas e boias. No controle da embarcação, meu olhar atento não divisava nada na linha d'água que pudesse representar mínimo perigo, e por isso mesmo não houve qualquer aviso que pudesse nos preparar para o que viria.

Só que, do nada, surgindo das funduras como um imenso monstro marinho, emergiu um tronco gigantesco de um buritizeiro. Antes que pudesse fazer qualquer alerta, voamos.

O choque foi tremendo, barulho altíssimo que retumbou no oco do barco ainda vazio. Depois, proporcional ao barulho, nossa casquinha virou em movimento que eu achava ser impossível, capotando como se fosse um carro. Em seguida, eu estava voando e, daí em diante, já estava no mar.

E de repente estou aqui, flutuando num oceano verde e marrom tão bonito, mas que me abraça de forma assustadora. Busco ao redor, mas não vejo ninguém, sem sinal dos meninos e do barco tão frágil que deve ter se desfeito sem relutar. Não tenho o que fazer. Minha cabeça arde e lateja, e percebo que ela sangra e me sinto zonzo. Possivelmente fui atingido por algum objeto que voou do barco junto comigo. Olho o horizonte e não vejo nenhum barco que possa me salvar. Mergulho os ouvidos para tentar escutar algum motor que porventura esteja nas proximidades, mas tudo é silêncio. Não há nada onde possa me agarrar, nenhum pedaço da embarcação que seja sobrevivência. Estou absolutamente só, e minha cabeça é ponto solitário a marcar minha relutante existência naquelas águas.

Antes de aprender a nadar, as crianças de Monsarás aprendiam a boiar. Era consenso que, num naufrágio, pouco adiantava bater os braços desesperadamente em direção ao vazio. Boiar, sim, podia ser sua salvação. Eu me lembro disso enquanto penso no velho Jango, que boiou durante dois dias após seu barco afundar até ser visto e resgatado por uma embarcação que vinha de Belém e milagrosamente avistou seus braços magros acenando no meio das ondas. Jango já era velhinho quando isso aconteceu, não era novo como eu, então por que eu não posso me salvar também?

Eu penso nisso enquanto o sol queima meu rosto sem piedade, enquanto tento manter a cadência da respiração e o mínimo esforço de braços e pernas. É importante me manter concentrado, ainda mais diante da dor que sinto na cabeça em latejar constante. É impossível saber o quanto sangro. Como estou quase submerso, as águas lavam minha cabeça e só consigo vislumbrar os rastros vermelhos que imediatamente viram mar. Resta seguir ali, vivo, boiando, torcendo para encontrar vislumbre de salvamento.

Durante horas mantenho-me assim, firme e o mais calmo possível, para não sucumbir. Se depender da minha vontade, viverei, mas eu também sei que nesta situação não mando em nada.

O mar é soberano e tem meu destino nas mãos.

E as horas passam lentas, muitas horas de sol em meu rosto a quase não suportar. A sensação de que minhas carnes cozinham é horrenda e nada é capaz de aliviar essa dor. Vez ou outra molho meus lábios, minha testa, num alívio imediato e passageiro que somente serve para sentir mais dor logo em seguida. A vontade de gritar é gigante, de expor aos berros toda a minha revolta e todo o meu medo, mas eu sei que ninguém ouvirá e que só servirá para me deixar mais fraco.

O sol me castiga e me cansa. A sede é enorme; a ironia suprema de estar cercado por água e não poder bebê-la. Também sinto uma tristeza imensa, capaz de me puxar para baixo, em direção ao fundo onde agora repousam meus companheiros.

E sigo resistindo como posso, já sem qualquer noção de tempo, apesar da dor horrenda na cabeça, do meu rosto que arde sem fim e do cansaço que faz meus braços se retesarem em cãibras cada vez mais fortes. Manter a respiração cadenciada, capaz de me fazer boiar, também me faz doer o peito, num esforço do qual dependo. Para me distrair de todas as sensações, busco fazer cálculos, observar a posição do sol, mas não sou capaz de me guiar nesse intento. Acho que nau-

ODE AO AFOGADO

fragamos perto das oito da manhã, ou próximo das sete. Onde estávamos quando batemos? Já tínhamos chegado perto da C'roinha? Já conseguia avistar a C'roona? Talvez já seja meio-dia, ou talvez duas da tarde... A impressão imprecisa que tenho é de que esse sofrimento já dura horas, ou talvez dias inteiros, mas eu tenho quase certeza de que ainda não vi anoitecer. Devo estar enlouquecendo, fatigado pelo abraço forte do mar que, aos poucos, fica mais e mais forte, mais firme do que meu simples corpo, flutuando ao sabor das ondas, é capaz de aguentar.

Não sei quando percebo que não vou conseguir mais, que tudo vai terminar aqui e ninguém saberá de nós. Nem quando percebo que penso, angustiado, nos nossos familiares parados eternamente na beira do cais, olhando o vazio do mar com esperanças imorríveis de que voltaremos.

Gostaria de vê-los mais uma vez, somente um breve trocar de palavras, para dizer-lhes que tentei — juro que tentei —, mas depois começo a achar que é perda de tempo.

Quando desisto, silenciosamente, tudo passa por cima de mim e submerjo rápido. Meus ouvidos se abafam com a água que entra em suas cavidades. Nesse mergulho só há silêncio e a luz do sol que ainda me atinge.

Em pouco tempo, afundo para onde jamais estive, e sinto que uma correnteza desconhecida me agarra e viro redemoinho. Instintivamente, ainda luto, mesmo que tenha desistido. Sobreviver é involuntário, assim como meus pulmões ainda cheios de ar represado. A vã esperança de que, subitamente, uma mão milagrosa surgirá do céu que se abre, aparição por entre as nuvens repartidas, e então me puxará, mas sei que não vai acontecer.

Digo adeus a meu esforço, um até logo à vida, e me permito ser engolido definitivamente pelas águas e pelas dores que me devoram rapidamente, o mar que entra por todos os buracos, dilacerando tudo por onde passa. As bolhas que saem de mim fazem cosquinhas em meu rosto que já não arde, e esboço um sorriso. Estranhamente, também sinto que choro — mas, tal qual o sangue que ainda deve jorrar do buraco em minha cabeça, minhas lágrimas se perdem e viram mar.

Meus olhos abertos ainda percebem cores difusas e raios de sol vacilantes, que dançam ao ritmo das ondas da superfície e que somem, aos poucos, enquanto afundo. A dor se foi, a cor se foi e tudo escurece lentamente. Meu último pensamento voa aos pés da grande árvore, no cais da vila de Monsarás, às pessoas que nunca receberão qualquer pista do ocorrido.

Haverá choro, haverá saudade, mas a vida ali é assim. Logo seremos somente lembrança, mais uma história de perda para o mar a servir de alerta aos desavisados.

Sinto paz.
    Afundando, sei que acabei.
    Afundando, percebo que sou mar.

Belém, 06 de junho de 2017

NO TÁXI

Eu me lembro bem de quando entrei no táxi e, após cumprimentar o motorista, pedi:
— O senhor pode me leva em Ipanema, na rua Joana Angélica, 97, um quarteirão antes da Lagoa?
— Sim, senhor, vamos lá.
Depois seguimos longos minutos em silêncio e, como a viagem seria longa, resolvi puxar assunto:
— E o trânsito, como tá?
— Olhe... Tá como sempre, ruim, ainda mais que vai acontecer um acidente logo, logo.
— Aconteceu um acidente?
— Não, vai acontecer um acidente.
— Como assim? O senhor é vidente também?
— Ora, acidentes sempre acontecem. O povo de hoje é muito imprudente ao volante. Mas esse de que lhe falei, que vai acontecer, é porque estou com muito sono.
— Humm... Se o senhor tá com sono, não é melhor parar?
— Mas não posso parar, estou no meio de uma corrida.
— Então pare a corrida, ué! Pare o táxi que pego outro sem problema algum.
— Impossível, senhor, pois não lhe falei que tava com sono. Na verdade, desde que o senhor entrou, fiz um esforço enorme para que não notasse que eu tava quase dormindo.

Já irritado, reagi:

— Mas o senhor falou, acabou de falar. Agora mesmo disse que está com sono.

— Mas agora não adianta nada... Só adiantaria se tivesse dito quando ainda estávamos vivos, antes do acidente. Agora, de nada adianta.

— Tá maluco, cara? Do que cê tá falando? Não houve acidente nenhum nem tô morto!

— Houve, sim, infelizmente houve. E sim, estamos mortos. Cochilei por uns poucos segundos e entramos na traseira de um caminhão. Foi uma batida bem violenta.

— Mas que absurdo! Pare o táxi que quero descer.

— Vou parar, mas o senhor não vai conseguir descer.

Prontamente paramos no acostamento.

— Pronto, tente abrir.

Minha mão não reagiu, como se estivesse chumbada no apoio lateral do carro, total impossibilidade de qualquer movimento. Era como se meus membros não respeitassem a vontade de meu cérebro, ou como se outras forças desconhecidas agissem sobre mim de forma totalmente inexplicável.

Por maior esforço que fizesse, encontrava-me paralisado. Era uma completa ausência de mim mesmo, como se vivesse em outra realidade, sem todas as regras que regem a vida.

Depois de breves tentativas, falei, assustado:

— Não consigo abrir. Não consigo mexer minha mão para abrir a porta. Quê que tá acontecendo?

— Por vezes ficamos presos ao local ou à circunstância da morte, ainda mais quando se trata de morte violenta.

— Não consigo entender... O senhor diz que tivemos um acidente e que morremos, mas não senti nada... Como é possível?

NO TÁXI

— Bem... eu estava dormindo, então certamente não senti ou percebi nada. Já o senhor, creio que morreu tão rápido que nem sentiu. Por vezes também não notamos as transições.

— Mas acabamos de sair da Barra. Eu tava olhando a paisagem quando começamos a conversar... O senhor falou do acidente que sofreríamos e já estamos mortos?

— O tempo é bem relativo por aqui. O senhor provavelmente lembra que foi assim, mas pode ter sido de outra forma.

— Então estamos mortos?

— Sim.

— Entramos na traseira de um caminhão e morremos na hora?

— Sim. E agora conversamos e tentamos compreender o incompreensível, ver o invisível...

— E não consigo sair do carro? Estou preso aqui?

— Estamos presos à nossa morte e às suas circunstâncias.

— E Lis? Eu ia buscar Lis para irmos ao aniversário de um amigo. Liguei dizendo que estava saindo da Barra...

— Lis vai esperar por cerca de meia hora, vai se irritar com a demora e vai ligar para você, mas o celular quebrou na batida. Ela vai achar que você se esqueceu dela ou que aprontou alguma. Vai ficar braba, vai planejar dar o troco e, por fim, vai chamar um táxi e vai pra festa sozinha. Por volta das 22 horas, seu pai vai ligar pra avisar do acidente.

— Que merda...

— Mas ela vai ficar bem. Todos vão ficar bem.

— E meu pai? Somos somente eu e ele no mundo. Ele vai ficar destruído.

— Sim, vai... Mas uma hora ele vai se acostumar com sua ausência e com a dor, vai aprender a viver sem você. Acredite, todos vão ficar bem depois que você morrer.

— Como você sabe disso? Parece tão sereno...

— Porque talvez eu não seja o taxista, seu companheiro de morte. Talvez seja alguém que está aqui, reflexo do motorista, para te explicar as coisas e te dar um pouco de tranquilidade. Talvez o taxista, noutra realidade, esteja fazendo as mesmas perguntas, só que lá, em outra realidade que pertence a ele, é você quem responde.

Estava atordoado pela enxurrada de informações, angustiado pela revelação de todas as respostas de vida e morte, tudo a meu dispor de forma completamente indesejada. Ao mesmo tempo, ainda havia milhares de outras perguntas a fazer, mas não tinha ideia de por onde começar.

— Sabe dizer desde quando tô morto?

— Difícil precisar isso. É possível que o acidente tenha ocorrido faz uma hora, duas semanas, seis meses ou dez anos. É possível que mesmo agora seu corpo ainda esteja quente entre as ferragens do veículo, esperando para ser retirado pelos bombeiros; ou que seu corpo já nem exista mais, totalmente consumido pela terra.

— Isso é tão assustador. Posso estar nessa espécie de limbo faz anos?

— Exato, mas não se surpreenda. Você morreu e estamos conversando enquanto dirijo pelas ruas do Rio. Entende como isso é bizarro? Não busca questionar regras e lógica deste lado do mundo, onde a lógica humana, que regeu tua vida toda, não tem mais qualquer serventia.

— Mas se posso estar morto faz anos, e isso é uma possibilidade pela lógica deste lado, por que somente agora estamos conversando? Por que só agora você me explicou essas coisas?

— Porque, ao final, o corpo do homem foi criado para perecer, máquina engenhosa que, tal qual mecanismo fino e delicado, um dia simplesmente sai do eixo e para. Já a mente do homem é diferente. É programada para nunca aceitar esse fim. Por isso ela busca desesperadamente formas de escapar da sina da morte. Mesmo que seu corpo desapareça, sua mente tem enorme dificuldade em aceitar tal fato. Vocês subestimam muito aquilo que move a mente humana.

— Então, se estamos tendo essa conversa, é porque aceitei que morri?

— Ou está pronto para aceitar. Exato.

— Bem, realmente, depois dessa conversa me sinto estranhamente em paz.

— E por falar em paz, chegamos: rua Joana Angélica, 97. Ipanema. Creio que agora o senhor conseguirá abrir a porta.

Minha mão foi à maçaneta e, não importa o que me prendia, agora eu estava livre.

— Lis ainda mora aqui?

— Não, não. Lis saiu do Rio logo depois que o senhor morreu. Não aguentou viver com todas as lembranças que havia aqui. Mudou-se pra São Paulo para trabalhar, casou-se com um homem ruim, teve dois filhos, se separou e agora está muito feliz.

— Caramba... E meu pai?

— Pensa no senhor todos os dias, todas as horas, principalmente antes de dormir. Por um tempo evitou fotos suas pela casa, pela dor que traziam, mas conseguiu seguir e vive bem. Também se mudou, voltou pra cidade onde nasceu e mora afastado de todos num sítio. Eventualmente recebe visitas, mas a solidão tem sido fundamental pra que ele consiga entender sua partida. Tem lido bastante.

— E o taxista?

— Ainda se culpa muito por tudo. Talvez precise dirigir por mais algum tempo até que possa, finalmente, estacionar e sair deste táxi, igual o senhor vai fazer agora.

Com um breve aceno de despedida, saí do táxi completamente sem rumo.

Era estranho morrer, ter consciência dessa morte e me deparar com a inexistência de qualquer indicação sobre um caminho a tomar. Não conseguia ter certeza acerca da existência de um céu ou de um inferno, mas seguramente podia afirmar a existência de um purgatório. E ali, diante do prédio onde Lis tinha morado, onde fomos tão felizes em tardes de filme com pipoca, onde nos amamos tantas vezes, simplesmente já não havia nada para mim.

Qualquer realidade que conhecera era agora mera lembrança que não me cabia mais. Sentia que era preciso andar, então me lembrei da praia que ficava tão pertinho, local onde sentamos tantas vezes pra ver o pôr do sol, e por que não?

Fazia tempo que não via o mar.

Belém, 30 de julho de 2015

PLUMMA

O ônibus avançava lentamente pelas ruas encharcadas pelo temporal que caía desde a madrugada em Belém. Por todos os lados, o veículo era abraçado pelas buzinas que teimavam em soar mesmo diante de trânsito totalmente parado. Alheia a tudo, Plumma vinha olhando pela janela pensando insistentemente no guarda-chuva esquecido no trabalho. Chegaria completamente molhada em casa.

Ruas depois, quando o engarrafamento permitiu, Plumma fez sinal e desceu no ponto de sempre. Tentando se abrigar da chuva, correu em ziguezague buscando abrigo sob copas de árvores e marquises, esforço quase irrisório. As gotas que tombavam eram enormes e caíam fortes, batendo de forma incômoda em seu rosto, quase dolorosas. Depois, escorriam rápidas, embargando a visão, empapando roupas e cabelo, sufocando o nariz.

Abrigada no alpendre da loja de bolos que ficava na esquina, Plumma esperou os carros pararem no sinal vermelho para correr pela faixa e, finalmente, dobrar na rua de sua casa.

Como acontecia nos dias de muitas águas, o canal da rua de baixo transbordara e fizera surgir um rio diante dela. Naquele momento, Plumma cogitou abandonar tudo, se abandonar nas águas barrentas que tomavam a rua, mas era preciso chegar em casa. O cansaço que quase a vencia também servia de motivação. Não havia espaço para desistir. Ela precisava chegar, tirar a roupa molhada e suja e se banhar, para que pudesse acreditar que havia vencido mais um dia.

Motivada por uma última fagulha de força, Plumma avançou e foi confiante em direção à rua-rio. Quem a visse de longe certamente pensaria assistir à mulher mais confiante do mundo avançando pelo meio da pista alagada, evitando, de forma inteligente, os buracos que se abriam próximo ao meio-fio, prontos a engolir desavisados. Mal sabiam do enorme desânimo que motivava aquela marcha.

As águas sujas eram abundantes e alcançavam as canelas de Plumma, quase lambiam suas coxas. A correnteza, formada pela passagem dos carros que se aventuravam no alagamento, era intensa, e ela fazia um esforço tremendo para se equilibrar. Já perto da entrada do prédio, uma caminhonete em alta velocidade despontou pela esquina e passou valente, ignorando tudo, criando com suas grandes rodas uma enorme onda de imundície que banhou Plumma de alto a baixo. Ela quase caiu, quase foi arrastada pela correnteza, mas fez-se forte em mais dez passos que faltavam até a portaria. O porteiro, homem baixo e barrigudo, olhar sempre atento, esperava por ela na escada com a mão estendida, piedoso diante da figura derrotada que se apresentava.

Plumma chegou completamente molhada, as roupas grudando em seu corpo de forma constrangedora, marcando suas carnes. Era como se tivesse mergulhado propositalmente nas águas turvas — como chegou a cogitar quando pensou em se abandonar na maresia.

Quando se viu no espelho do elevador, parou durante longos segundos e foi invadida pelas memórias, lembranças tão terríveis, tão recentes, que quase a fizeram chorar.
Mais uma vez ela fez-se forte, pois era preciso.
O apartamento era pequeno e abafado. Por conta da chuva e da umidade, cheirava a mofo de forma intensa, mais do que o normal. Plumma abriu a porta e encarou sua morada. Imaginou que estar presa na cela de uma cadeia devia ser igual a viver naquele local, prisão particular onde cumpria a pena a si imposta.
Talvez seja igual a estar no fundo do rio..., ela pensou, horror imediatamente afastado, pois os pensamentos ruins precisavam ficar distantes, e seguir em frente, seguir a rotina, era necessário.
Em nova fagulha de ânimo, agiu: tirou as roupas molhadas, que pingavam água suja no tapete, e pôs no tanque para lavar mais tarde; banhou-se de forma breve, pois a água do chuveiro estava muito fria; secou-se, vestiu-se e escolheu algo para comer dentre as opções de sempre: os pacotes de comida congelada esquecidos no refrigerador. Por fim, sentou-se no sofá da sala e jantou, encolhida, enquanto ouvia a chuva que batia violenta na janela e não dava sinal de trégua.
Quando terminou, Plumma pousou o prato sujo e engordurado no chão e pôs-se a mexer no celular, até que o silêncio foi quebrado pela voz do menino pequeno e magro, que estava teso na beira das pedras, pronto para pular.
"*Mãe! Mãe!*"
"*Que foi, menino?*"
"*Olha o meu pulo!*"
"*Tome cuidado, Guilherme.*"
Então o menino pulou...

Plumma perdera a conta de quantas vezes vira e revira aquela cena. Havia decorado cada passo, cada ato e cada erro daquele breve momento. Era terrível ter aquilo gravado na memória, como se vivesse num cinema onde uma única cena se repetia sem fim, a lembrança mais amarga que poderia haver. O roteiro era sempre o mesmo, do menino chamar, pegar distância e tentar o impulso. No início, o movimento parecia perfeito, tinha tudo para ser perfeito, mas, na ponta das pedras, repentinamente, ele escorregava e se desequilibrava. Por isso, acabava se projetando no ar completamente fora de trajetória. Então o menino caía desajeitado e batia na água de forma feia, fazendo um barulho seco e apavorante. Na mesma hora, o corpo do menino era engolido pelo rio em mergulho que o levava direto ao fundo. Seguiam-se poucos segundos em que só havia silêncio. Até então a filmagem seguia fixa, focando o redemoinho do mergulho que ia perdendo a força como se fosse boca mastigando algo. Quem filmava esperava que o desastrado surgisse logo, imediatamente, se possível, com um sorriso encabulado, sorrindo do desajeito, mas o menino não voltava.

Quem surgia na cena era a mãe, desesperada, gritando pelo moleque, quase pulando atrás da criança, segurada no último momento por outras pessoas que também gritavam em desespero. Era Plumma quem surgia na tela, mais jovem e magra, berrando como bicho ciente do abate, gritando pelo filho sumido. Os gritos de dor eram longos, como se uivos intermináveis, como se um grande agudo de cantora de ópera. Plumma queria que fossem a corda milagrosa em que o menino pudesse se agarrar para voltar, são e salvo, do fundo.

Depois disso, a câmera perdia o foco e alternava entre filmar o desespero das pessoas e o chão, o chão e as águas do rio, as águas do rio e a mãe na beira, jogada na lama, segurada por muitas pessoas que também gritavam, nervosas, sem saber o que fazer. Observando tudo aquilo estavam as águas turvas e inquietas do rio que corria e escondia Guilherme, agora um corpo sem vida, sem paradeiro.

Algumas pessoas pulavam na água. Dois homens nadavam corajosos, enfrentando a correnteza. Muitos mergulhavam tentando encontrar a criança, mas nada acontecia além da dor e da ciência de que era tarde demais. A câmera seguia filmando, aqui e ali, sem lógica ou referência, mais mostrando a tragédia pelos sons do que captando de forma voluntária. Quem filmava não lembrava que estava filmando, até que percebia e encerrava a cena. E encerrava a memória.

O corpo de Guilherme só foi encontrado horas depois, e somente quando os mergulhadores dos bombeiros se puseram em busca, ainda no fundo, a centena de metros do local da queda. O menino estava roxo e quieto, como se dormisse em paz.

O legista disse que o choque com as pedras do fundo devia ter desacordado Guilherme, mas isso não o matou. Foi o rio que terminou o serviço da morte, suas águas que entraram por tudo e tomaram conta do corpo do menino, transformado em caminho impune para os rumos do rio.

"*Mãe! Mãe!*"
"*Que foi, menino?*"
"*Olha o meu pulo!*"
"*Tome cuidado, Guilherme.*"
Então o menino pulou...

Plumma tinha consciência de estar presa naquela cena. Fazia dois anos que o filho morrera no rio da sua infância, na pequena cidade onde nascera. Desde então, ela pensou em apagar a filmagem diversas vezes, um simples clique em "excluir" que seria libertador. Refletindo sobre o assunto, ela achava que sumir com aquela lembrança poderia abrir perigosas portas na dor de sua alma. Não podia ser fácil. Assim, a única coisa que conseguiu, de fato, foi comprar um celular novo, com tela maior, para seguir assistindo à morte de Guilherme e memorizar cada detalhe.

Desde o sumiço do filho, as noites de Plumma eram assim, reclusa em casa, encolhida em algum canto, assistindo de forma repetida à filmagem, vida em modo contínuo de rever o vídeo centena de vezes, incapaz de se despedir. Plumma sabia que o resultado sempre seria o mesmo, mas, no fundo, sonhava com desfecho diferente, a esperança tola de que algo poderia mudar por encanto. Nesse sonho, o menino reapareceria na superfície após o mergulho destrambelhado, rindo do tropeço e da cara assustada da mãe.

"*Mãe! Mãe!*"
"*Que foi, menino?*"
"*Olha o meu pulo!*"
"*Tome cuidado, Guilherme.*"
Então o menino pulou...

Foi um primo o responsável por gravar o exato momento da morte de Guilherme. Era um dia normal na cidadezinha, quase todos aproveitando o domingo pacato de sol para relaxar nas águas agitadas do rio que cortava o campo. Quem poderia imaginar que, justo naquele dia, algo daria errado?

Plumma aprendera a nadar naquele rio, pulara diversas vezes daquela mesma pedra, assim como todos da cidade tinham feito. Nunca alguém havia morrido de forma semelhante. De vez em quando, claro, havia afogados, mas eram quase todos bêbados que se achavam grandiosos diante da correnteza, arrogância incabível que só durava até a natureza chegar e dizer *eu sou mais*.

Mas criança morta, mesmo, quase nunca houve, muito menos morta igual Guilherme, de pulo das pedras, brincadeira que todos faziam desde que a cidade surgiu e as pedras já estavam ali.

O próprio Guilherme era craque naquele salto. Todas as férias, quando iam visitar os avós, ele fazia questão de desafiar o pulo, as artimanhas das piruetas aéreas que aprendera com os primos mais velhos. Mas naquele dia algo deu errado. O menino pisou estranho e nem bem pulou, mais tombou como corpo sem vontade, inanimado, em queda seca de esparramar-se na água tal qual boneco, caindo desconjuntado para nunca mais emergir.

O vídeo era curto, 1 minuto e 47 segundos revistos à exaustão desde o dia do sumimento de Guilherme. Ao assistir a ele, Plumma sempre chorava baixinho, como se não quisesse, com sua dor, abafar as vozes do passado recente. Agora, novamente chorava, sozinha na sala apertada e abafada, cheirando a mofo, acompanhada somente pelo barulho da chuva que teimava em maltratar a janela.

Assistindo mais uma vez e mais uma vez...

... e mais uma, e mais uma...

... e mais uma...

... e já era quase meia-noite quando não conseguiu mais chorar, pela simples razão de terem terminado suas lágrimas.

Foi quando Plumma se descobriu sem forças diante da fadiga acumulada após o dia cansativo, após o aperto no ônibus e a travessia da rua alagada, mas também diante das tristezas que pesavam e esmagavam seu coração, ninho do pássaro da saudade que punha gigantescos ovos de pedra que ocupavam todo o peito. Ela se deitou no sofá pequeno, onde mal cabia, mas que comumente servia de cama nas noites em que relembrava o filho. Ela sabia que acordaria moída no dia seguinte, de corpo e mente. Ela também sabia que, mesmo dormindo, não conseguiria se livrar da última imagem que tinha do filho, justamente aquela de sua morte.

"Mãe! Mãe!"

Plumma já vivia espécie de transe obscuro causado pela morfina do sono, os movimentos automáticos de pressionar o play e rever a cena, os olhos vermelhos de lágrimas e de serem forçados ao brilho da tela,

quando,

quase hipnotizada,

se assusta,

"Que foi, menino?"

"Olha o meu pulo!"

pois percebe, e sabe, que a cena está diferente.

"Tome cuidado, Guilherme."

Mas o mergulho é igual, totalmente desajeitado, o mesmo desespero dos primeiros momentos, mas ela percebe firmemente que a cena está diferente, pois,

numa feliz brevidade do vídeo,

o menino reaparece.

"Te mandei tomar cuidado, Guilherme. Volte pra cá."

E o menino ri, encabulado pelo erro de iniciante, impossível de ser cometido pelo garoto tão experiente naquela arte de mergulho.

No vídeo, agora outro, Guilherme nada igual cachorrinho em direção à margem, a cabeça mantida bem fora d'água, talvez porque o mergulho fora ruim e, agora, melhor mantê-la assim, segura. A câmera segue focando o moleque que volta calmamente à beira — enquanto Plumma, a espectadora assustada, na quietude do pequeno apartamento, pula do sofá em misto de espanto e felicidade.

Atordoada, ela olha em volta da sala vazia, como se procurasse alguém para contar a novidade. Mas também não tira os olhos da tela, como se a qualquer momento a cabeça de Guilherme pudesse voltar a sumir. E logo Plumma volta a chorar, lágrimas renascidas entre risos de alegria.

O vídeo segue focado e Plumma consegue ouvir, no lugar dos choros de tristeza, outras pessoas rirem do menino pateta que pagou mico, tudo eternamente registrado pela câmera do celular do primo. Plumma ouve alguém gritar das pedras.

"*Porra, Guilherme! Macaco velho caindo que nem manga podre?*"

Risadas gerais, inclusive de Plumma, a espectadora, que vê graça no mico do filho ainda vivo. A filmagem segue mostrando o reencontro feliz que tiveram, o menino ao lado de sua mãe, Guilherme abraçado a Plumma, que o seca carinhosamente. O filho estava vivo!

Ali, naquela filmagem, que era exatamente a mesma filmagem, o filho estava vivo e não houvera a morte, e nem a procura pelo corpo, e nem o menino encontrado roxo e calmo. Também não houvera o legista, muito menos o triste velório em que Plumma quase dormiu debruçada sobre o caixão branco — essas, sim, memórias distantes, cenas que não foram gravadas e por isso se apagavam cada vez mais.

Naquela filmagem, o filho estava vivo e todos eram felizes. Não havia mãe dilacerada pela dor, nem mãe que pensasse, dia após dia, em tirar a própria vida. Naquela filmagem, o menino ria e reclamava somente de dor nas costas, do baque n'água, e ali a vida era boa e Plumma seguia sendo mãe de um Guilherme vivo, abraçando um Guilherme vivo, e não o corpo extremamente enrugado, pelado, na mesa do necrotério.

Sem conseguir conter a alegria diante do que assistia, ela pulava e gritava de felicidade, e pensava em avisar a todos sobre a novidade e em sair pelo corredor do prédio batendo nas portas dos vizinhos para alertá-los de que o filho ainda vivia e ela não dilacerava.

E enquanto essa revolução acontecia, a ressurreição mostrada no vídeo terminou.

Ao perceber isso, o tempo congelou. Plumma não escutava mais a chuva na janela. O tempo parou e o ar tensionou a ponto de ficar sólido. O botão de repetir apareceu na tela, em movimento que as mãos de Plumma já faziam de forma automática. Daquela vez, ela hesitou.

Desde a morte de Guilherme, cada repetição fora a cópia exata da anterior. Durante dois anos, cada repetir era rever o filho morto, mas do nada o filho viveu. Será que agora, depois de mostrar Guilherme vivo, a repetição seguiria mostrando o menino caindo de mau jeito, mas emergindo cheio de riso constrangido, tudo cercado de alegria?

Plumma estava tesa no meio da sala, feito estátua, absolutamente estática diante da tela do celular que fazia piscar insistentemente o botão de repetir. Plumma então estendeu o dedo em movimento duvidoso de ir ou recolher-se, quase tocando a tela em sinal de aprovação, até que o braço voltou ligeiro, tal qual cabeça de jabuti entra no casco ao nascer pavor genuíno.

Por que repetir? Melhor seria deixar como estava, seguir com últimas lembranças tão diferentes, do filho vivo — somente revivendo o mesmo susto de antes, mas somente isso.

Melhor conviver com a sensação de espanto do pulo mal dado do que viver com a certeza da dor lancinante da morte. Se não repetisse o vídeo, Guilherme seguiria vivo. Contudo, como justificar o filho estar bem e não estar ali, ao lado dela?

Foi morar com o pai, talvez.

Ou então ficou com os avós, lá no interior, onde Guilherme não morria jamais e sempre poderia desafiar o pulo.

A angústia da decisão fez taquicardia que começou a sufocar Plumma. Sabia que não conseguiria encontrar justificativas para o filho estar distante, se estava vivo.

E se não estava?

E se, ao apertar o botão de repetir, Guilherme seguisse morrendo, minuto após minuto, nas contínuas repetições da cena? Como viver com tal dúvida? Como viver com tantas dúvidas, mas como conviver com tanta dor?

Incapaz de lidar com aquilo, e diante da necessidade de saber o derradeiro desfecho do pulo, Plumma concordou com repetir.

"Mãe! Mãe!"

... e esperou ver o filho emergir das águas barrentas do rio, e esperou ser feliz novamente ao lado de Guilherme, que agora estava morando com o pai em alguma cidade distante, ou com os avós no interior de sua infância, mas nada disso importava. Importava saber que não houvera morte, substituída pela dor comum de somente estarem distantes...

"*Que foi, menino?*"

"*Olha o meu pulo!*"

... e logo Guilherme cresce e vem me visitar, e então nós vamos passear pela cidade e vamos colocar os assuntos em dia... Sinto tanta saudade.

"*Tome cuidado, Guilherme.*"

Mas o vídeo seguiu e Guilherme não voltou.

Nunca voltou.

Os gritos de medo que vinham na sequência do pulo, na cena que se desenrolava na tela do celular, foram rapidamente soterrados pelos gritos reais da pobre mulher, tão familiares em serem constantes, frutos da dor que nunca passava.

Plumma fora iludida de forma desumana pelo transe cruel.

Ciente da peça que o destino lhe pregou, ela agora berrava desesperada para que todos ouvissem; e quebrou, de forma descontrolada, seus poucos móveis; e socou as portas a quase quebrar suas mãos; e bateu a cabeça contra a parede, talvez querendo romper seu crânio a ponto de permitir que todas as lembranças ruins pudessem escorrer junto com seus miolos. Devastando seu pequeno lar, Plumma só cuidou de preservar o celular, portador da imagem eterna da morte de Guilherme, morte fadada a se repetir pela eternidade aos olhos da mãe dilacerada, aprisionada sem fim.

Belém, 03 de abril de 2017

O DESEJO DE CIPRIANO

Quando Jacinta morreu, Cipriano desolou e quase morreu junto.

Querendo se despedir da amada, ele decidiu velar o corpo na solidão do lar, sem permitir que ninguém entrasse. Queria que sua dor fosse íntima, pois achava que somente assim ela poderia ser plena em ferir-se e arranhar-se, arrancar os cabelos e deitar-se no chão ao lado do corpo frio da mulher.

Ali, Cipriano abraçava de forma devotada a já rígida Jacinta, enquanto tristes lembranças voltavam. Lembrava sobretudo o tempo em que enroscavam suas pernas e ficavam horas deitados na rede, dias inteiros em que havia somente os dois e o mundo deixava de existir. A rede era espécie de nau que navegava na tempestade, ondas fortíssimas a balançar insanamente o barquinho, a plena felicidade que os poupava do cotidiano horrendo e miserável que ficava trancado para fora de casa.

Na pequena vila de Monsarás, no meio do mato, na beira do rio, os vizinhos se apiedaram do homem que chorava em urros, gritos de saudade que varavam a noite e invadiam as casas e não deixavam ninguém dormir.

Por isso ninguém ousou reclamar, e a dor de Cipriano foi respeitada. O velório particular transcorria como Cipriano determinara, mas, dias depois, o corpo de Jacinta começou a apodrecer. O cheiro das carnes em decomposição, ainda leve, passou a invadir as casas vizinhas e as ruas, fazendo surgir o alerta de que era hora de se desfazer da defunta. E, ao final do dia, a pestilência insuportou.

Ninguém conseguia estar nas redondezas sem ânsias de vômito e tonturas, perturbados pelas moscas gigantescas que tentavam entrar na casa-mausoléu para se alimentar e botar seus ovos.

Os vizinhos bateram na porta e o viúvo não abriu.

Tentaram chamar Cipriano à realidade, mas foram ignorados.

Insistiram, gritaram e, quase na violência, invadiram o lar.

Deram o ultimato:

— Sabemos da dor que sentes, mas é preciso enterrar tua mulher e seguir a vida; sabemos da dor que sentes, mas as casas de teus vizinhos estão vazias, largadas diante do cheiro da tua mulher morta.

Diante da falta de argumentos, Cipriano concordou. Ele sabia que os vizinhos não mentiam, mas, antes que pudessem agir, fez um último pedido.

— Vocês me dariam mais uns poucos minutos com ela? Só isso, mais dez minutos sozinho com minha Jacinta e depois ela será de vocês, e façam como quiserem...

Os vizinhos se entreolharam e souberam que podiam esperar mais um pouco, ainda mais se havia entendimento entre todos e concordância do viúvo. Ninguém pretendia tirar a morta assim, arrancando-a de seu marido pela segunda vez, para metê-la na terra eternamente.

Concordaram e se retiraram.

E, quando saíram, Cipriano correu até a cozinha e pegou a faca mais amolada que tinha, aquela usada para limpar peixes, e, em um só golpe, abriu o peito de Jacinta já sem sangue. De lá, retirou o coração inerte da mulher amada, carne cuidadosamente embrulhada em rasgos do vestido de seda verde vindo do continente, o preferido da mulher.

Depois, meteu o músculo embrulhado em uma caixa de madeira bonita, que tinha sido de sua mãe, toda marchetada com flores e anjos. Por fim, escondeu o fruto de seu furto no fundo do armário.

Correndo contra o tempo, pegou agulha e linha de pesca e remendou o buraco no peito de Jacinta como pôde. E a vestiu com roupa farta, para que ninguém percebesse o coração faltante.

Parado na soleira da porta, quase sem forças, escondendo estar esbaforido, Cipriano chamou os homens e deu autorização para o fim.

Eles levaram o corpo com todo o cuidado e respeito, apesar do odor terrível que se impregnava nas narinas e roupas. O caminho por onde o cortejo passou ficou vazio, pois ninguém aguentava sentir a mulher pendurada na rede mortuária, as carnes se desfazendo e soltando os últimos líquidos que ainda possuía.

Jacinta foi enterrada no cemitério abandonado que ficava defronte ao famoso cajueiro de Monsarás, onde nasciam os cajus mais doces da região. Cipriano não quis participar de nada, aparentemente satisfeito com a despedida que tivera.

A verdade era que, sendo guardião de seu mistério, ele estava decidido a realizar seu próprio enterro mais tarde. Bastava, para isso, o pedaço tirado da amada, escondido na caixa antiga de sua mãe, embrulhado no vestido de seda verde preferido, já tantas vezes usado, já tão surrado, em cerimônia que só ele entenderia.

Era tarde quando Cipriano saiu de casa envolto pelas sombras, embrulhado pela leve névoa das madrugadas da vila, trazendo nas mãos a caixa com a esposa.

No breu da noite, após atravessar as casas adormecidas sem ser visto, ele chegou aos pés da grande árvore que ficava na beira do cais, defronte da igreja de pedra, lá onde conversaram tantas vezes quando moleques, e onde se descobriram apaixonados na adolescência, e onde se beijaram pela primeira vez, e onde, por fim, Cipriano criou coragem para pedi-la em casamento, proposta que Jacinta respondeu que sim, entre gritos de euforia e felicidade.

Era ali que a amada devia repousar, local de tanto amor e delicadeza, cenário de uma vida boa, mesmo nascida no meio da brutalidade daquela terra.

Ajoelhado diante da árvore, Cipriano fez uma cova pequena com as mãos, funda o suficiente para manter a amada protegida dos cães vadios que havia por lá, sempre esfomeados. Foi justo o espaço de caber a caixa e logo o buraco foi coberto com cuidado e carinho, para não causar curiosidades.

Emocionado, Cipriano rezou um pai-nosso, uma ave-maria e pediu paz à alma de sua morta, partida de forma tão repentina e egoísta.

Antes de ir, ele chorou, surpreso por ainda haver lágrimas em seus olhos.

Na volta ao lar vazio, andando sem rumo, completamente sozinho em vida, Cipriano poderia ter escolhido todos os caminhos possíveis que o mundo lhe oferecia. Sem pensar, escolheu voltar à casa onde foram felizes, únicos passos que conhecia de forma plena.

Dias depois dos dois enterros de Jacinta, Cipriano seguia apático, fazendo um esforço tremendo para viver em mínima normalidade. Tentou trabalhar na roça, mas não tinha ânimo para roça. Tentou fazer pescado, mas não tinha ânimo para pescado. Por fim, decidiu ficar sentado aos pés de qualquer sombra de árvore, longe dos formigueiros, esperando a hora certa para retornar ao lar onde não conseguiria dormir, por conta das terríveis insônias da tristeza, e onde esperaria o sol raiar novamente, se revirando na rede, para mais um dia exatamente igual aos demais. Era aterrador não ter Jacinta esperando-o na porta com o sorriso gigantesco e único, com o beijo fogoso e molhado, ambos abraçados pelos cheiros que saíam da cozinha, os cheiros do feijão e do cozido que vinham recebê-lo, para depois os conduzir à rede, ainda seca de amor.

Agora Cipriano comia qualquer coisa que houvesse e fosse simples de preparar, pois também não tinha ânimo para comida. Logo depois ele se deitaria para a rotina de dores das lembranças.

No meio das noites agora inquietas, Cipriano por vezes cochilava e despertava assustado, e ficava olhando as telhas mal colocadas no teto procurando buracos por onde o sol pudesse entrar, mesmo sem ser convidado. Ele terminava sempre olhando fixamente as largas vigas de madeira que seguravam o telhado, perdido em pensamentos de saudade, buscando entender as razões da esposa.

Por vezes ele também sentia medo. E, naquelas noites especialmente silenciosas, Cipriano conseguia quase ouvir o barulho da corda atada à viga de madeira da sala, a corda rija gemendo fino, esticada ao extremo diante do peso de Jacinta, que balançava mesmo sem vento.

Naquelas noites, ele tinha pavor de ir ao banheiro. Tinha receio de rever, mesmo que de relance, a mulher roxa pendurada pelo pescoço, cujos olhos saltados o fitavam de forma involuntária.

Naquelas noites, Cipriano andava pela casa com os olhos fechados, se chocando contra os poucos móveis existentes, somente o tato a lhe guiar e o choro silencioso a lhe fazer companhia, rezando para que tivesse paz. Aí, ele mijava e voltava correndo para a rede, somente para seguir sobrevivendo.

Aquelas noites de terror eram sempre quebradas pelos barulhos da vila que acordava cedo. Quase sempre despertado no susto, Cipriano só sentia vontade de seguir dormindo e nunca mais acordar. Por fim, era obrigado a se levantar quando o calor que esturricava a vila fazia da casa abafada verdadeira fornalha.

Mas, apesar de tudo, Cipriano dizia a si mesmo que era preciso tentar. Ele buscava se convencer daquilo todos os dias, apesar de não ter muita certeza de suas convicções. Se Jacinta tinha desistido, ele não tinha. Haveria de ser forte. Um dia a vida haveria de ser melhor.

Poucos sentiram a falta de Jacinta em Monsarás.

Muitos nem perceberam sua ausência.

No dia seguinte ao enterro, tudo funcionou como sempre. Os barquinhos de pesca seguiram chegando e partindo, as roças seguiram sendo trabalhadas e os frutos, colhidos. As crianças ainda jogavam futebol no descampado que chamavam de praça, bem em frente à igreja de pedra. Havia quem

pensasse nela, vez ou outra, claro, e quem sentisse pena do homem que vivia em completo abatimento de saudade.
Mas, no geral, a vida de todos seguiu igual.
Sem ti, correrá tudo bem sem ti.

O cotidiano de Monsarás era, como sempre, monótono, até o dia em que a vila foi sacudida por um fato estranho.

Sem nenhum motivo aparente, a grande árvore da beira do cais começou a perder toda a sua vegetação. Era tempo de plena chuva e a árvore era gigantesca, com raízes que se estendiam por quase toda a vila como intermináveis trombas de elefante. Não havia sinal de doença ou problema, e tudo se repetia como nos últimos duzentos anos. Porém era fato que as folhas da árvore centenária caíram como gotas de tempestade. No final de dois dias, a gigante havia se tornado espécie de monstruoso esqueleto com os galhos pelados que pareciam procurar, em vão, a roupagem perdida.

A intrigar mais o povo, era nítido que ao redor da samaúma todas as demais árvores seguiam iguais, frondosas e verdes, cheias de vida, aproveitando a terra úmida e rica da região. Aquela era a única árvore que morria de forma improvável, justamente a rainha das árvores, sem que ninguém imaginasse o porquê.

Somente Cipriano, que observava tudo de longe, imaginava uma razão.

Na sua cabeça, surgiram todos os devaneios do mundo: quem sabe Jacinta, morta atada no esteio da sala, depois o peito aberto e o coração furtado, enterrado aos pés da samaúma, estivesse insatisfeita com seu destino, e por isso decidira levar consigo o cenário de todos os seus momentos felizes? Quem sabe se o coração plantado igual semente não teria germinado de forma estranha, trazendo morte ao seu redor?

Mas seria aquilo possível? De longe, Cipriano observava e ouvia os boatos que circulavam enquanto guardava para si as próprias suposições.

Dias depois, quando todos começavam a se conformar com o esqueleto que dominava a paisagem, e quando a curiosidade do povo esfriou, outro fato misterioso aconteceu.

Foi o velho Raimundo, o pescador, quem primeiro viu os misteriosos penduricalhos.

Estava saindo de manhã bem cedo para pescar, deixando para trás uma Monsarás ainda adormecida. Andando pelas ruas de grama da vila, se assustou quando olhou a samaúma e a encontrou novamente frondosa de folhas, razão de seu primeiro espanto.

Mas havia algo além: escondidos entre seus galhos, como se fossem enfeites coloridos de uma gigantesca árvore de Natal, estavam pendurados objetos diversos que balançavam ao vento, atados por cordas semelhantes às que todos usavam.

De início, Raimundo, o pescador, achou que fosse algum tipo de enfeite para a Festa do Divino, que se aproximava. Mas, ao ajustar melhor a lente, pôde constatar que a brotância inesperada fizera aparecer de tudo um pouco, em diversidade improvável: havia serrote, manta de lã, sapato de criança, telefone, ventilador, almofada, prato de louça fina, remo, imagem de santo, fotografia de filho, cadeira de embalo, disco de vinil, cofre, raquete de pingue-pongue, bola de basquete, flecha, motor de popa, espelho de banheiro, rádio de pilha, cruz de Nosso Senhor Jesus Cristo, espada, máscara de Carnaval, lustre de cristal, caixa de remédio, lápis, livro, vassoura, cadeira de bebê, esteira, caixas de som, ventilador, calça de grife, velocípede e mais uma infinidade de objetos variados, impossíveis de serem listados em uma primeira vista.

Aos pés da árvore revivida, agora enfeitiçada, também brotara uma placa nascida justo acima da cova do coração de Jacinta, onde se podia ler:

Um objeto para cada morador
Pegue aquele que mais deseja para uso imediato

Assustado, Raimundo, o pescador, começou a gritar e gritou:

— GENTE! GENTE! *Venham ver, venham ver!*

E não demorou para que todo o povo estivesse lá, aos pés da árvore, olhando em deslumbramento aquela maravilha ressurgida.

Após discutirem mil elucubrações e possibilidades, e de pensarem ser coisa de visagem ou do diabo, decidiram que seguramente era presente de Deus. Ainda discutiram as regras do jogo, que eram bem simples, e em conjunto passaram a escolher o fruto que melhor lhes agradava, tagarelando de forma inquieta diante de bênção incomum.

Estavam todos encantados com o tanto de coisa rica pendurada na samaúma, e só queriam passar à fase de escolhas, o velho pescador Raimundo brigando pelo direito de ser o primeiro, eis que havia feito a descoberta, e nisso ele foi respeitado.

Sem perder um minuto, o homem tratou de escalar a árvore como pôde e foi direto para um galho bem central, de onde retirou um lindo motor de popa que reluzia de novo. Fazia tempo que o velho queria um motor daqueles.

Logo depois, eles descobriram outra regra do jogo, até então não dita: não adiantava mentir para a árvore.

Descobriram quando Merengue quis pegar uma enorme caixa de som e não conseguiu. Não adiantou puxar com toda a força do mundo, pois a caixa não desgrudou nem quando pediu a ajuda de seu filho. Com vinte homens, a caixa não se moveu um centímetro.

Aí concluíram:

— Ó, Merengue, tu queres isso mesmo? Olha lá, hein!

Contrariado, o homem se lembrou de sua doença e das dores horríveis nas costas que se acentuavam com a chuva, e também se lembrou do remédio caro, e foi quando olhou, de rabo do olho, para a caixa de remédio que baloiçava bem pertinho de suas mãos. Sem qualquer esforço, a caixa foi com ele.

Espreitando toda a movimentação pelas frestas da janela de casa, sem participar dos festejos, Cipriano sabia que, de certa forma, tinha causado aquilo. Ele não conseguia atinar com os propósitos do coração enterrado de Jacinta e, por isso, se recolheu ao quarto e se sentou no chão, ao lado da rede, abraçando as pernas como se buscasse segurança contra toda a estranheza que permeava o mundo.

Lá fora, podia ouvir os objetos serem destinados, um a um, tudo sendo escolhido até só restarem vinte, depois dez, depois cinco, depois um — e então fez-se um silêncio estranho na vila.

A festa parou como se em respeito a alguma grande tristeza. Os moradores dantes felizes agora estavam calados, como se vivessem uma grande dor.

Cipriano lembrava bem aquele silêncio. Era o som de morte e velório, de família em luto e gente perdida para o lado de lá. Isso o deixou muito encucado. Lentamente, levantou-se e voltou a fuçar pelas frestas da janela, e se surpreendeu ao não ver sinal de vivalma no descampado da praça diante da igreja de pedra, nem no porto, nem no cais. Em todos os lugares que sua vista alcançava só havia ninguém. Era como se Monsarás tivesse se tornado, por mágica, uma cidade fantasma, dessas de filmes de horror. Curioso, ele resolveu sair e, pé ante pé, foi bater na porta de seu Urubatamba, seu vizinho mais próximo.

— Urubatamba, tudo bem?

— Tudo... — respondeu o homem, vacilante, enquanto abria uma fresta da porta.

— Que aconteceu?

— Que aconteceu o quê?

— Ué! Tava todo mundo na maior festaria, maior barulheira, parecia periquito, e agora tudo calou?

— É que todo mundo já fez sua escolha, vizinho.

— E não era pra ficar feliz?

— Sim, todo mundo ficou...

— Então?

— É que sobrou uma última coisa lá nos galhos. Deve ser pra ti, o único que ainda não escolheu.

— E o que é?

— Pois vá lá olhar, Cipriano. Melhor que vejas tu. — E fechou a porta, não sem antes oferecer a Cipriano um olhar de piedade.

Enquanto cruzava as ruazinhas de grama da vila, a noite já caindo depois do dia de fartura, Cipriano pôde perceber que olhos tristes o seguiam, todos protegidos por outras frestas, cada qual em sua casa, acompanhando seu lento avançar Monsarás adentro. A vila restava silenciosa, como se a evitar espécie de peste que facilmente poderia descobrir os escondidos. Somente Cipriano, lá fora, marchava como se fosse o mais corajoso.

A samaúma era realmente bonita.

Por mais que sempre tivesse feito parte de sua vida, Cipriano nunca percebera como era bela a árvore que ficava na beira do cais, bem onde conversavam quando moleques, bem onde se descobriram apaixonados, onde se beijaram pela primeira vez e onde ele tinha enterrado o coração de Jacinta.

Agora, sentado diante da árvore gigantesca, jogado no chão admirando o tamanho descomunal da samaúma, Cipriano via as marcas da bagunça de mais cedo. A terra ao redor da árvore estava revirada, o tronco centenário machucado por ter sido subido o dia inteiro.

Havia um objeto para cada morador — disso ele sabia.

Desde o carrinho de controle remoto para o menino Bileu até a tevê de muitas polegadas para dona Júlia, passando pelo filtro de barro, o celular moderno, a faca de caça, a lanterna de última geração, a caixa de som de alta potência (que não era de Merengue, mas de seu irmão, Alves) — tudo colhido em grande alvoroço, fazendo a árvore quase desfolhar novamente.

Até que sobrou um último objeto escondido, discreto, pendendo de um galho lá no alto, até então despercebido de todos.

Todos já colheram o seu, então é isso que me cabe, pensava Cipriano, enquanto chorava toda a sua desesperança, pois o último objeto pendurado na árvore era uma grossa corda amarrada em nó de forca, igual à corda que enforcou Jacinta.

A triste forca estava atada quase no topo da samaúma, bem perto dos altos ventos, balançando livremente como se desse adeus ao homem solitário que criava coragem para escalar pela última vez seu tronco.

Pelo tempo que fosse necessário, a forca ficaria lá, paciente, somente esperando o pescoço de Cipriano, que, repleto de tristeza, entendia a afirmação da derradeira vontade de Jacinta: *já que seu coração fora a semente, Cipriano seria a fruta.*

Belém, 03 de junho de 2017

JOÃO DIZ

João diz: *Nem sabes o que o Pharo descobriu!*
Amarílis diz: *Não sei mesmo. Conta logo.*
João diz: *Várias fotos tuas.*
Amarílis diz: *Jura?*
Amarílis diz: *Como assim?*

João sempre foi um brincalhão incorrigível, capaz de rir das coisas mais absurdas, de levar um mistério adiante por vários dias pelo simples prazer de irritar as pessoas em suas impaciências. Daquela vez, sabia que ele me cozinharia em banho-maria com aquela informação, somente para me ver agoniando em curiosidade.

Quinze minutos depois, a resposta.

João diz: *Menina... ele descobriu um arquivo imenso de imagens lá na Reitoria. Cada palestra que fizemos, cada evento, cada lançamento de livro... tudo que eles noticiaram, todas as fotos que foram tiradas, tem tudo lá. Umas preciosidades.*
João diz: *E tem uma pasta só tua, segundo ele.*
João diz: *kkkkkkk*

Coisa que sempre me incomodou foi a existência de poucas fotos da minha infância. Nasci em uma família extremamente pobre, que melhorou de situação com o tempo e me possibilitou uma adolescência minimamente remediada, sem qualquer espécie de luxo.

A primeira máquina fotográfica que passou pela minha casa foi comprada por meu irmão mais velho, Amílcar, logo após receber o primeiro salário do seu primeiro emprego. Foi com aquela câmera usada que passamos a ter mais registros de nossa vida, e mesmo assim poucos, tudo com parcimônia, pois comprar e revelar filmes ainda era algo caro.

Da minha infância talvez existissem poucos cinco registros, imagens da família reunida em pose congelada, milimetricamente arrumados na sala humilde, momentos que eram capturados por fotógrafos andarilhos que, percorrendo as brenhas de nossos matos, ofereciam a fixação de instantes por preços salgados.

Por isso, quando João me contou a novidade, a descoberta dos tais arquivos da Reitoria, vibrei de emoção. A existência de muitas fotografias minhas deixava-me em êxtase, mesmo que hoje fotografar-me fosse algo já tão banal.

Estava pensando nisso tudo quando o celular apitou.

João enviou uma foto.

Era uma imagem não muito antiga de um evento em que palestrei, anos antes, e do qual não conseguia lembrar muitos detalhes.

Na foto estávamos eu, João, Pharo e mais dois bons amigos já falecidos, Pedro Antunes e Ida Castro, todos professores do Centro de Letras. Sorríamos para o fotógrafo desconhecido e tínhamos olhares exultantes, provavelmente resultado de um evento bem-sucedido e lotado, quase raridade no meio acadêmico. Estávamos vermelhos, muito suados e felizes.

João diz: *Amarílis, olha essa foto que o Pharo mandou. Foi algum evento da Universidade.*
João diz: *Bateu saudade do Pedro e da Ida.*
João diz: *Tava até pensando, sabe?*
João diz: *Da foto, dois já foram. Quem será o próximo?*
João diz: *kkkkkkk*
Amarílis diz: *Credo, João!*
Amarílis diz: *Não brinca com isso.*
João diz: *Mas é verdade, Amarílis.*
João diz: *Nossos amigos estão todos morrendo.*
João diz: *kkkkkkkkk*
Amarílis diz: *Pois eu pretendo viver uns bons anos ainda.*
Amarílis diz: *Se tu não pretendes, problema teu.*
Amarílis diz: *Sai fora!*

Depois a conversa calou, como calavam repentinamente nossos papos, sinal da forte amizade que tínhamos, cheia de certezas, que já durava anos. Daquele grupo sorridente da foto todos éramos amigos, mas especialmente eu e João éramos grudados como carne e osso.

Entramos na faculdade juntos, fizemos mestrado e doutorado juntos e, logo depois, passamos no concurso da Universidade e começamos a lecionar. Ao longo de muitos anos, como irmãos, fizemos planos e realizamos tantas coisas, e só isso explicava a liberdade sombria que João tinha comigo, o que permitia que fizesse as brincadeiras macabras de que tanto gostava.

Foi somente na semana seguinte, quando já nem me lembrava da descoberta, que voltamos a conversar. Estava distraída, lendo algo na rede, quando João me mandou diversas mensagens, quase sem fôlego. À medida que ia lendo, meu coração paralisava.

João diz: Amarílis
João diz: Maninha
João diz: Pelo amor de Deus
João diz: Acabaram de ligar do Centro de Letras
João diz: O Pharo morreu

Assustada, tentei ligar diversas vezes para João, sem sucesso. Desisti e segui a conversa por mensagens, enquanto lágrimas brotavam.

Amarílis diz: João, o que aconteceu com o Pharo?
João diz: Mana, não sei ainda
João diz: Morreu dormindo
João diz: Acham que foi um infarto fulminante
João diz: A diarista encontrou o corpo hoje de manhã
Amarílis diz: Meu Deus
Amarílis diz: Não tô acreditando

Só me vinha à cabeça a brincadeira impertinente que João tinha feito na semana anterior, a gracinha acerca de nossas mortes.

Amarílis diz: Tu sabes onde vai ser o velório?
João diz: Não sei ainda

João diz: *Amarílis, tô me sentindo tão mal pela brincadeira que fiz*
Amarílis diz: *Não te sintas.*
Amarílis diz: *Uma coisa não tem relação com a outra.*
João diz: *Então me faz um favorzão?*
Amarílis diz: *Claro!*
João enviou uma foto.

Era outra foto do mesmo evento, mas de ângulo diferente. Novamente, estávamos eu, João, Pedro, Ida e Pharo. Novamente, os rostos cansados, vermelhos, muito suados, mas felizes.

João diz: *Diz aí, Amarílis, quem será o próximo?*
João diz: *Eu ou tu?*
João diz: *Agora ficou mais fácil acertar*
João diz: *50/50*
João diz: *kkkkkk*
Amarílis diz: *Não acredito, João!*
Amarílis diz: *Que tu ainda estejas brincando.*
Amarílis diz: *Respeita os mortos, homem.*
João diz: *Respeito não*
João diz: *kkkkkkkk*
João diz: *Se Pedro, Ida ou Pharo estivessem vivos, estariam rindo com a gente*
João diz: *Estariam na sacanagem conosco*
João diz: *kkkkkkk*

Não pude contestar, pois era pura verdade.
Nós cinco éramos bons amigos, companheiros na melhor acepção da palavra. E todos aceitávamos aquelas brincadeiras

mórbidas de João com bom humor — o que fazia de nós, basicamente, um grupo de brincalhões quase sem limites. Então, ousava concordar que, sim, se Pedro, Ida ou Pharo ainda estivessem vivos, endossariam a brincadeira, mesmo que assustados com todas as coincidências macabras.

Mais tarde, já de noite, fui ao velório.

Havia poucas pessoas na capela menor dos Capuchinhos, o que me soou estranhíssimo, porque Pharo fora um sujeito extraordinário, dos maiores especialistas da obra de Camões no Brasil, reconhecido aqui e além-mar.

Apesar de ser uma autoridade no tema, de ser convidado para palestras ao redor do mundo, Pharo jamais teve um ato de arrogância. Muito pelo contrário, atuava com generosidade franciscana, nunca escondeu ou negou conhecimento e sempre esteve pronto a dividir informações com quem quer que fosse. Seu desapego de orgulhos ou vaidades era algo fantástico, pouco visto no mundo acadêmico. Também, fazia anos que Pharo brigava, tal qual Dom Quixote, para manter o único e último caderno de cultura do jornal local, fazendo um esforço tremendo para que as páginas sobre livros, pinturas e música não fossem trocadas por notícias fúteis sobre micaretas etílicas ou por fotos sem sentido das colunas sociais.

E, apesar disso, a capela mortuária estava quase vazia, um ar desolador que pairava, a ser quase agressivo.

A piorar, o local escolhido tinha aparência geral de abandono.

Desde a entrada dos Capuchinhos, passando pelos corredores, capelas e salas privativas, poucas luzes realmente funcionavam, numa escuridão que bem combinava com a morte. Das poucas lâmpadas que resistiam, uma em especial me incomodava muito. Alumiando o salão central, ela piscava de forma incômoda fazendo um zunido incessante de mau contato de partes elétricas, daqueles barulhos que precedem um curto-circuito e amedrontam os leigos.

O local tinha um aspecto sujo, como se não visse faxina há muito tempo — e provavelmente não via. Também me chamou a atenção os diversos móveis velhos e carcomidos, que provavelmente estavam em uso desde que o primeiro frei chegou à cidade para erguer aquela igreja.

Na capela menor, somente as enormes velas mortuárias colocadas por trás do caixão projetavam sua luz bruxuleante nos presentes, o que os tornava quase irreconhecíveis.

Ainda reinava um calor absurdo, o único ar-condicionado que funcionava barulhento e mais parecendo um carro velho prestes a ser entregue ao desmanche definitivo. Não demorou para que minha roupa ficasse empapada de suor, grudada em minhas carnes em uma espécie de abraço pegajoso e indesejado.

No meio disso tudo, apertava meus olhos tentando reconhecer alguém no meio da escuridão, mas tudo era em vão. Nas pessoas que circulavam distantes, somente via traços perdidos, fragmentos de rosto que não me diziam nada. E, como se fosse proibido qualquer contato próximo, ou como se houvesse um estranho protocolo de segurança sanitária, todos mantinham um distanciamento que piorava qualquer possibilidade de mútuo reconhecimento.

No salão quase às escuras, quase vazio, se perpetuavam pelos cantos somente estranhos sussurros, como se as pessoas que estivessem ali, velando Pharo, dissessem uma reza quase ininteligível que me aterrorizava.

Aquilo tudo me extenuava, e percebi que, muito em breve, seria tomada por uma forte crise de pânico. Eu pensava nisso quando fui agarrada de forma brusca e arrastada para fora da capela, a salvo, para um pátio próximo onde se podia ver a noite, onde se podia respirar ar fresco.

Era João, muito sério, completamente diferente do amigo brincalhão dos outros dias. Ele esperou que eu ficasse mais calma para então falar:

— Amarílis, agora só restamos eu e tu.

— Sim, mano...

— E se aquela foto for amaldiçoada mesmo, Liloca?

— Deixa de besteira, João. Essa história tá me deixando realmente tensa.

— Mas nem é a foto... acho que o evento todo foi amaldiçoado.

— Agora isso...

— Sério, Amarílis. Tem alguma coisa estranha nisso tudo, mas não consigo saber o quê.

— Olha, tu que amaldiçoaste a foto e o evento com a tua brincadeira ridícula.

— Eu mesmo, não, Amarílis... Se alguém amaldiçoou foi o Pharo. Tanto que ele tá ali, no caixão. Sei lá de onde ele desencavou essas fotos.

— João, acho que tu só estás impressionado com essa morte repentina. Só isso. E são coisas que infelizmente acontecem, amigo...

— Amarílis, eu não sei te explicar o que é, mas eu sinto algo estranho.

— Estranho mesmo é esse velório. Capela escura, parece até abandonada. E será possível que ninguém reclama desse calor...

— Olha, quando eu morrer, não deixes me velarem aqui! Tá realmente horrível, caindo aos pedaços.

— E, me diz, não vem ninguém da Universidade? Não vão mandar uma coroa de flores, nada? Não vi ninguém conhecido.
— Pois é, tô achando bizarro. Ninguém da velha guarda.
— Quem te avisou que o velório seria aqui?
— Alguém do Centro de Letras, mas não peguei o nome...
— Égua, João... me admiro de ti.

Depois disso, ele se calou e baixou a cabeça, como se refletindo profundamente sobre algo que não podia ou não queria me falar. E aquele silêncio me incomodou bastante. O que menos precisava, naquela hora, era de João taciturno e distante.

Sem muita paciência, já incomodada com o calor e, agora, com o silêncio de meu amigo, decidi ir embora antes de ficar verdadeiramente mal. Já não havia nada a ser feito pelo Pharo ali. Todo o carinho, toda a amizade, tudo fora feito em vida.

— João, já vou. Queres carona?
— Não. Vou ficar mais um pouco, ver se aparece alguém do Centro de Letras.

Já na rua, procurando meu carro, me arrependi por não ter insistido com veemência para ele ir comigo, sentimento de culpa que não soube explicar e do qual tentei me livrar nos dias seguintes.

Depois do velório, ficamos um tempo sem qualquer contato, até que, num domingo, já quase de noite, o celular apitou:

João enviou uma foto.
João enviou uma foto.
João enviou uma foto.
João enviou uma foto.
João enviou uma foto.

Eram várias imagens daquele mesmo evento, de diversos outros ângulos.

João diz: Amarílis, me ajuda.
João diz: Por favor
João diz: Que tu lembras desse evento?
Amarílis diz: Depois do teu papo até tentei puxar de memória.
Amarílis diz: Foi um colóquio sobre o Haroldo Maranhão?
Amarílis diz: E literatura fantástica na Amazônia, né?
Amarílis diz: Mas também não lembro bem
João diz: Amarílis, é tão estranho...
João diz: Eu acho que foi.
João diz: Mas juro que tô confuso
João diz: Lembro que foi bem grande.
Amarílis diz: Sim
Amarílis diz: Foi no auditório da biblioteca nova
Amarílis diz: Não foi?
João diz: Amarílis, algo não tá batendo.
João diz: Tem uma coisa que achei...
João diz: Mas não faz sentido.
Amarílis diz: O que é?
João diz: Deixa eu ver e depois te conto.
João diz: Prometo
João diz: Vou dar um pulo na Reitoria.
Amarílis diz: Foi o Pharo que mandou essas fotos?
João diz: Sim, mas algo não tá batendo.
Amarílis diz: O que não tá batendo?
Amarílis diz: Porra, João, FALA
João diz: Não posso agora, sério.
João diz: Deixa eu verificar umas coisas e te ligo.

Amarílis diz: Ah, não, João!
Amarílis diz: Não me deixa curiosa!

E ele não mais respondeu.

Era uma quarta-feira chuvosa e escura quando fui acordada pelo telefone desesperado, tocando pouco antes do horário do despertador. Do outro lado, uma voz distante e familiar, que não consegui reconhecer de imediato:
— Professora Amarílis, desculpe ligar tão cedo.
— Quem fala? — perguntei, ainda sonolenta.
— É do Centro de Letras, professora. Pediram que eu ligasse para lhe informar que o professor João faleceu.

Em um pulo nervoso, imediatamente desperta, me sentei na cama. Apesar de ter ouvido com total nitidez, era como se aquela frase fosse incompatível com qualquer lógica.
— Quem tá falando?
— É Andrelita, da Secretaria do Centro.
— Andrelita? Menina!
— Pois é, professora. Faz anos que não nos vemos e agora me dão essa missão horrível.

Dominada pelo choro intenso que me aparecia, quase não consegui formular as tantas perguntas que queria fazer. Entre soluços, só havia fragmentos de frases soltas:
— Não tô acreditando. Quando foi? Ele tava bem. Onde ele tá?
— Professora, só fomos avisados agora de manhã, mas parece que já faz uns dias.
— *Uns dias?* Como assim?

Eu não podia acreditar que meu melhor amigo havia morrido distante de mim, sem que pudesse estar a seu lado na hora derradeira, sem nem imaginar o que havia acontecido.

— Pois é, professora... ninguém nos avisou. A notícia chegou hoje e, infelizmente, confirmamos.

— Mas... e o velório, e o enterro? Não vi nada no jornal, ninguém me avisou.

— Professora, não sei dizer muita coisa. Sinto muito. — E desligou.

A notícia da morte do meu grande amigo surgida assim, sem nenhuma explicação, surpresa horrenda e indesejável de morte já antiga, me destruiu.

Resolvi ligar para João, agora seu antigo número, mas só recebi a mensagem de que estava desligado. Liguei também para Emília, sua esposa, sem sucesso. E assim fiz com diversos outros contatos. Igualmente sem sucesso. Ou havia uma gigantesca falha no sistema telefônico, ou todos os contatos da minha agenda haviam feito um estranho pacto de desligarem seus aparelhos para me manter nas sombras.

Mais estranho era notar que a existência de João, ou o fim de sua existência, parecia não ter deixado qualquer rastro tangível. Ao meu redor só havia silêncio. Na internet, nos sítios de jornais ou acadêmicos, no sítio da Universidade, em todos os lugares, era como se João nem existisse, muito menos sua suposta morte inesperada.

Na angústia daqueles longos minutos, me vesti às pressas para ir a algum lugar incerto. Só conseguia me lembrar daquelas tantas fotos, daquele maldito evento e da pergunta sarcástica, de humor duvidoso, acerca de quem seria o próximo, e agora só havia eu.

E as últimas palavras de João seguiam me soando como um zumbido incômodo na cabeça, a afirmação sobre coisas estranhas que ele tinha percebido e que investigaria, para depois me falar, em um dia que nunca chegou.

Eu tentava organizar meus pensamentos, que vinham em ritmo acelerado: se Pharo havia descoberto as fotos na Reitoria, um arquivo inteiro de fotos minhas, devia haver alguma espécie de organização e controle; e, se havia, seria fácil seguir os rastros de Pharo até esbarrar nas estranhezas que João mencionara, coincidentemente justo antes de morrer. O que poderia haver por trás de tudo aquilo?

E se fosse tudo parte de uma grande brincadeira que faziam comigo? Noticiar-me a morte do João, falecimento ocorrido fazia dias, velório e enterro já concretizados, e, depois, todo mundo em silêncio, como se querendo me manter num estado de desespero quase total. O desenrolar da notícia era tão estranho, me pegara tão desprevenida, que lá estava eu, vestida, sem saber o que fazer — e não estranharia se câmeras misteriosas surgissem, guiadas por pessoas sorridentes que se divertiam com meu horror.

E se fosse uma grande conspiração e, por qualquer razão, estivessem nos eliminando?

Nada fazia sentido — mas algo tinha que fazer algum sentido!

Eu precisava de respostas, então decidi buscá-las.

— Bom dia, professora!

— Bom dia, Clemente.

— É uma honra te receber aqui. E eu já esperava sua visita.

— Como assim?

— Depois dos seus amigos, imaginei que a senhora viria — respondeu ele, tentando demonstrar bom humor.

Eu estava sentada na recepção da Reitoria, um prédio antigo, quase debruçado no rio Guamá. Lá dentro, um vento quente e abafado saía das máquinas de ar-condicionado e eu sentia muita sede. Apesar de me lembrar de ter tomado café da manhã, não conseguia me lembrar do último copo d'água. De soslaio, busquei um bebedouro e não encontrei. Era mais uma das estranhezas dos últimos tempos.

Clemente estava de pé na minha frente, o antiquíssimo chefe de arquivos da Universidade que eu conhecera em meus primeiros dias como professora, quando tive que entregar meus documentos de admissão, tudo ainda manual, sem as modernidades de hoje.

— Clemente, soubeste da morte do João?

— Sim, professora, uma tristeza... Nem tínhamos nos recuperando da morte do Pharo... Fiquei muito abalado.

— E não me avisaram nada. Não fui ao velório, ao enterro, não consigo falar com ninguém pra buscar informações.

— São coisas que às vezes acontecem, professora. Infelizmente, nessa correria em que vivemos... Mas no que posso ajudar?

— Clemente, quero ver uns arquivos com diversas imagens minhas. Acho que foi o Pharo quem encontrou.

— Sim, sei qual é o arquivo. O professor João também veio ver esses arquivos pouco antes de seu falecimento.

Aquela notícia me deixou desconcertada. Era como se a tese da maldição das fotos fizesse cada vez mais sentido.

Clemente seguiu me explicando:

— Faz pouco tempo começamos a organizar os arquivos fotográficos da Universidade. Agora organizamos por pessoas, datas, eventos. A senhora quer ver?

— Na verdade, quero ver essas fotos específicas, de 2014. Pode ser?

— Claro — disse o homem, sempre sorridente.

Saindo do salão da recepção, fomos avançando nas entranhas apertadas do prédio, uma série de corredores cada vez mais escuros, onde reinava um calor ainda mais tenebroso. Depois de um tempo vagando por aquele labirinto quase sem fim, chegamos a uma sala cheia de computadores com telas enormes, onde várias pessoas estavam absortas em seus trabalhos, olhando fotos e mexendo sem parar em mouses, clicando milhares de vezes em coisas imperceptíveis que somente elas viam.

Clemente se sentou diante do único computador vago e começou a digitar comandos, até que apareceu uma pasta na tela. Ele clicou nela e várias fotos apareceram na tela.

— Pronto, professora. Fique à vontade, vou estar aqui do lado caso tenha dúvidas.

E lá estávamos nós, rostos vermelhos, suados e contentes, no tal Colóquio Haroldo Maranhão, no auditório principal da biblioteca recém-inaugurada da universidade, último andar. Lembrei que o prédio ainda cheirava a tinta e aquele seria seu primeiro grande evento. Por todo o canto havia alunos felizes e empolgados.

Estavam lá as fotos que Pharo enviou a João, que depois enviou a mim, quase na mesma ordem que eu havia recebido, as pretensas imagens amaldiçoadas que, aos poucos, pareciam nos matar.

Acontece que, logo em seguida, algo mudou drasticamente nas fotos que passavam na tela. Porque o cenário de antes, com imagens da comunidade acadêmica feliz, em busca de conhecimento, foi subitamente substituído por imagens horrendas do mesmíssimo auditório, agora em completa destruição.

Eu não conseguia falar nada. Só passava, foto por foto, perplexa com as cenas de morte que se revelavam diante de mim, até que paralisei. Ao meu lado, olhando-me fixamente com um olhar bondoso e acolhedor, Clemente disse, em voz baixa:

— Continue, professora. É preciso.

Na tela do computador, era como se um grande incêndio tivesse lavado as paredes do auditório novíssimo e levado consigo, em sua fome insaciável, corpos e mochilas e livros e tudo que um dia houvera ali. Eram muitas as imagens do local devastado pelas chamas, e fotos tenebrosas de corpos retorcidos, completamente irreconhecíveis em suas mortes indizíveis. Em outros registros, havia bombeiros paramentados andando pelos escombros em busca de respostas.

Eu passava as imagens em choque, até não conseguir mais controlar o espanto e me afastar, num salto. Dentro de mim ainda havia a sensação de sede que crescia de forma monstruosa.

Clemente se recolocou ao meu lado e, pegando minha mão, falou:

— Está tudo bem, professora?

— Essas fotos, Clemente! Essas fotos são terríveis!

— Ah, sim... são fotos do incêndio da biblioteca. Muitos mortos.

— Mas qual incêndio?

— O único que houve — respondeu ele, sempre acolhedor.

— Eu não me lembro de ter tido um incêndio.

— É normal que não lembre, professora. A senhora morreu lá.

Sem entender plenamente o peso daquela frase, o impacto assustador daquela sentença de morte, me levantei e andei de costas em direção à porta, como se sair pudesse, de alguma forma, mudar o destino que já estava escrito.

Antes de sair, ainda pude ouvi Clemente falar:

— Seu corpo foi um dos últimos a ser encontrado. E vocês estavam juntos, a senhora, João, Pharo, Pedro e Ida. Os bombeiros acreditam que vocês se atordoaram com a fumaça e entraram por engano na sala de som que ficava atrás do palco, achando ser uma saída de emergência.

Eu tentava achar a maçaneta enquanto ouvia a voz suave de Clemente, enquanto minha cabeça girava como se num carrossel furioso, até que abri a porta e saí correndo pelos corredores escuros e apertados da Reitoria, sem saber como sairia daquele labirinto sem fim.

Mas mal saí e me vi na recepção da Reitoria, como se nada tivesse acontecido. Num momento já não havia Clemente, já não havia minha morte, e só a lembrança distante das fotos do incêndio me fazia crer no que acontecera fazia pouco tempo.

Então João surgiu diante de mim, como se nunca tivesse saído dali.

— É horrível, né?

— João... não consigo acreditar... então todo esse tempo estávamos mortos?

— Sim.

— E o que é isso tudo?

— Amarílis, ainda não consegui entender a lógica de onde estamos. Não me parece o céu, ou uma espécie de paraíso. Acho que pode ser um limbo, mas certamente não creio que seja um inferno, apesar do calor e da sede.

— Também sentes isso?

— Sim, mas acho que tem relação com nossa morte. Sempre ouvi dizer que os mortos queimados sentiam sede. Talvez sejamos a prova disso.

— E os outros, onde estão?

— O Pharo e o Pedro estão bem. Têm passado os dias na biblioteca do Centro, revirando os livros, bisbilhotando as pesquisas alheias. Já Ida, faz tempo que não a vejo. Na última vez, percebi que já não aceitava com facilidade essa existência.

— Como assim?

— Me parece algo cíclico, sabe? Aparentemente, depois de um tempo, nós começamos a duvidar do que aconteceu. Com isso, passamos a vivenciar uma espécie de reflexo da vida de antes, repleto de relances e curtas lembranças, e aí começam nossas confusões. Achamos estar vivos quando, na verdade, estamos aqui. Nesse ponto, esta realidade começa a agir e, de alguma forma, a nos puxar de volta. É por esse processo que tu acabaste de passar.

— Então eu já soube que estou morta e me esqueci disso, e essa "realidade" tratou de me trazer de volta?

— Isso mesmo. E acho que Ida é a próxima.

— E quando isso acaba?

— Não tenho ideia, Amarílis. Não consigo nem calcular quanto já dura esse meu momento de consciência atual, mas me parece tanto tempo.

— Ô, meu amigo...

— E agora, vamos? Prometi encontrar Pedro e Pharo na beira do Guamá. Estamos discutindo para ver qual de nós será o próximo a se iludir com o reviver — brincou João, mais uma vez fazendo vibrar pela recepção vazia da reitoria a gargalhada incontida que nem em morte deixou de acompanhá-lo.

P.S.: Este conto, micropedaço de amor eterno, nunca diminuído, é dedicado ao humor verdadeiro e imorrível de João Carlos Pereira, tio.

Belém, 10 de novembro de 2020

Impressão e Acabamento:
BMF GRÁFICA E EDITORA